ISA THEOBALD

DIE LETZTEN TAGE DES BILLY MUNROE

TOCHTER DER STERNE

Edition Roter Drache

Weitere Veröffentlichungen der Autorin:

- Requiem für Miss Artemisia Jones (mit David Gray)
- Tintenphönix
- 19. *Geschichten aus dem Dazwischen*
- Auf fremden Pfaden (Hrsg.)
- Dunkle Ziffern (Co.-Hrsg.)

1. Auflage September 2020

Edition Roter Drache, Am Hügel 7, 59872 Meschede.

edition@roterdrache.org; www.roterdrache.org

Coverdesign: Anke Koopmann, www.designomicon.de

Buchgestaltung: Holger Kliemannel

Lektorat: Simona Turini, www.lektorat-turini.de

Gesamtherstellung: MCP, Polen

ISBN 978-3-96815-011-6

»Wir alle sind Sternenstaub. Kalzium und Eisen und Phosphor und was sonst noch alles bilden deinen Körper, und das Licht der Sterne bildet deinen Funken. Tanzende Galaxien kreisen durch das Universum wie die Gedanken durch deinen Kopf. Eine Supernova strahlt so hell wie ein Gedankenblitz.«

Die letzten Tage des Billy Munroe

Für Dorian und Kieran

Ich werde für immer fieser sein als die Monster.

Versprochen.

I. DAS LIED DER KINDER

JUNI 1991

Having the right allies means nothing to fear
Christian von Aster

DIE MURMEL

Der Tag, an dem Cats Welt begann, eine sehr merkwürdige zu werden, hatte schon seltsam angefangen. Sie hatte völlig verschwitzt, dass die ersten beiden Unterrichtsstunden ausfielen, und stand deshalb bereits um kurz vor acht in der Schule. Allein, denn ihre Klassenkameraden hatten die Gelegenheit zum Ausschlafen genutzt.

Auf dem Vorplatz der Metzgerei gegenüber der Schule, bei deren bärbeißiger Besitzerin schon Generationen von Schülern ihre Bäuche mit Fleischkäse- oder Salami-Käse-Wecken aus der Mikrowelle gefüllt hatten, war auch niemand zu sehen – die anderen waren alle im Unterricht.

Cat beschloss, sich über die verschenkte Zeit nicht zu ärgern, sondern sie zu nutzen, hockte sich auf dem Schulhof in die Sonne und packte ihr Buch aus. Sie hatte lange genug darauf warten müssen, dass die Geschichte vom Revolvermann weiterging, und freute sich auf das dicke Paperback, das sie an Susannas und Eddies Seite endlich wieder nach Mittwelt bringen würde. Die zwei Stunden vergingen wie im Flug, und wäre ihre beste Freundin

Nadja nicht gekommen, um sie in die Chemiestunde zu scheuchen, hätte sie vermutlich den gesamten Schultag draußen in der Sonne verbracht, in Gedanken bei Roland und den Seinen.

Nadja war den ganzen Tag merkwürdig einsilbig, doch erst, als die beiden nach dem Unterricht auf dem Weg zum Bus waren, hakte Cat nach.

»Sag an.«

»Was soll ich ansagen?« Nadja sah sie verwirrt an.

»Welche Laus dir über die Leber gelaufen ist, du Nacktnasenwombat. Irgendwas ist doch ganz und gar nicht okay. Also sag an, was ist los? Hast du Stress mit deiner Mum?«

»Nein.« Nadja kickte einen kleinen Stein vor sich her und folgte ihm mit ihren Blicken.

Cat umfasste ihre Schulter und zog sie sanft zu sich herum. Nadja versuchte weiterzugehen. »Wir verpassen noch den Bus!«

»Scheiß auf den Bus!« Cat packte sie an beiden Schultern, stellte sich vor ihre beste Freundin und sah ihr auffordernd ins Gesicht. »Jetzt pack schon aus.«

Nadja sah ihr in die Augen, wandte aber wieder den Blick ab, als ihr die Tränen kamen. Cat zog sie in ihre Arme.

»Du weißt doch, dass du mir alles erzählen kannst. Ich bin für dich da. Immer.« Sie beugte sich ein wenig zurück, um Nadja ins Gesicht schauen zu können, und begann zu singen: »Ein Freund, ein guter Freund …«

Nadja lachte, obwohl ihr die Tränen über die Wangen liefen. »Schon gut, schon gut! Hör nur bloß auf, zu singen, ja?«

Cat zog sie zu einer halbhohen Mauer, auf der sie in der Sonne sitzen konnten. »Na dann: Butter bei die Fische.«

Nadja sah auf den Boden, nestelte dann ein zerknautschtes Zigarettenpäckchen aus der Tasche und zündete sich eine Kippe an, bevor sie antwortete.

»Du weißt doch, dass ich schon 'ne ganze Weile immer so müde bin.«

Cat nickte schweigend.

»Weil das immer schlimmer wurde, waren wir beim Arzt. Letzte Woche schon. Und der hat herausgefunden, dass irgendwas mit meinem Blut nicht in Ordnung ist. Und jetzt muss ich heute zu einem Hämatologen.« Nadja sah ihr direkt in die Augen. »Ich hab Angst, Cat. Richtig dolle Angst.«

Cat nahm sie wieder in die Arme und drückte sie fest. Sie brauchte einen Moment, bis sie die richtigen

Worte gefunden hatte. »Was auch immer passiert, Nadja, wir stehen das zusammen durch. Wenn wir zusammen sind …«

»... dann kann uns nichts aufhalten«, vervollständigte Nadja den Satz schluchzend. Cat hielt sie fest im Arm und schwor sich, dass sie ihrer Freundin beistehen würde, was immer da auch kommen mochte.

Nadja hatte ihr versprochen, direkt nach dem Arztbesuch anzurufen, und Cat wollte bis dahin mit allen Aufgaben fertig sein, damit sie direkt rüber radeln konnte, sobald der Anruf kam. Trotzdem fiel es ihr schwer, sich zu konzentrieren. Immer wieder schweiften ihre Gedanken ab. Damit sie schneller am Telefon sein konnte, hatte sie ihren Arbeitsplatz aus ihrem Zimmer im ersten Stock in die Küche im Erdgeschoss verlegt, von der aus sie das Telefon im Flur im Auge behalten konnte.

Auf Mittagessen hatte sie verzichtet und nur den Katzen schnell Futter hingestellt – zum einen war sie sich ziemlich sicher, dass ihr Magen gerade sowieso nicht begeistert auf Nahrung reagieren würde, zum anderen hätte die Zubereitung Zeit gekostet. Außerdem würde ihre Mum kochen, wenn sie am frühen Abend nach Hause käme. Trotzdem hatte sie ein flaues Gefühl im Magen, das selbst eine Banane nicht lindern konnte.

Sie versuchte, sich auf Mathe und Chemie zu konzentrieren, aber die Zahlen und Formeln tanzten vor ihren Augen wie die Meeresbewohner in *Arielle*. Frustriert schlug sie die Bücher zu, stand auf und ging in das Arbeitszimmer ihrer Mutter. Abwesend ließ sie ihre Finger über die Buchrücken im Regal gleiten, während ihre Augen die Titel überflogen, bis sie an einem hängen blieben. *Hämatologie und Onkologie* stand da.

Onkologie? Das war doch Krebs? Cats Herz schlug schneller. Sie zog das Buch aus dem Regal und blätterte durch das Inhaltsverzeichnis, das ihr mit seiner Auflistung lateinischer Fachbegriffe kein bisschen weiterhalf. Sie wollte das Buch schon wieder an seinen Platz stellen und ließ die Seiten durch die Finger gleiten, als ihr eine Überschrift auffiel. Sie blätterte zurück, bis sie das Kapitel wiederfand.

Pädiatrische Hämatologie – das Wort kannte sie, das bedeutete, dass die Patienten Kinder waren. Sie versuchte, aus dem folgenden Fachchinesisch irgendeinen Sinn zu ziehen, auch wenn sie manche Absätze mehrfach lesen musste. Blut. Nadja hatte gesagt, irgendwas stimme mit ihrem Blut nicht. Cats Blick flog über die Seiten. Sie las die Worte, die größtenteils keine Bedeutung für sie hatten, als könne sie mit ihrem schieren Willen dafür sorgen, dass sie Sinn ergaben, dass sie ihr sagten, wie sie Nadja helfen könnte, alles wieder in Ordnung zu bringen. So vertieft war sie, dass sie fast zu Tode erschrak, als das Telefon klingelte. Sie ließ den schweren Wälzer einfach zu Boden fallen, rannte in die Küche und hob ab.

»Nadja? Hallo?«

»Hey Honey«, erklang die unverkennbar weiche Stimme ihres Dads. »What´s up, little sunshine? Stimmt irgendwas nicht? Du klingst seltsam.«

Cat brauchte einen Moment, bis ihr Hirn sich auf ihre Muttersprache umgestellt hatte. Es war seltsam: Am Anfang, als sie hierhergekommen waren, hatte sie immer jedes Wort in ihrem Kopf aus dem Deutschen ins Englische übersetzt, mittlerweile war es umgekehrt.

»Hey Dad.« Sie war glücklich, dass er anrief, so wie immer, wenn sie seine Stimme hörte, aber sie durften die Leitung nicht lange blockieren. Was, wenn Nadja ausgerechnet jetzt anrief? »Nein, alles okay hier, Daddy. Ich bin nur gerade durch das halbe Haus gerannt, um ans Telefon zu kommen.«

Er lachte. »Dann ist deine Ma wohl nicht daheim, was? ‚Kein Rennen im Haus, Cat!'«

Er ahmte den Tonfall ihrer Mutter so perfekt nach, dass Cat laut lachen musste. »Nein, sie ist auf der Arbeit und kommt wohl erst am frühen Abend zurück. Aber hey, bei dir muss es ja noch fast dunkel sein!« Cat sah auf die Uhr – halb fünf nachmittags – und rechnete nach.

»Halb acht in der Früh, Honey. Keine Uhrzeit, zu der ein anständiger Mensch wach sein sollte.«

Sie lachte laut. »Zweimal die Woche sitze ich da schon 'ne knappe halbe Stunde im Unterricht! Nullte Stunde ist die Pest, kein Witz.«

»Nullte Stunde? Das ist so ein typisch deutsches Ding, was? Du hast mein Mitleid sicher, Kleines.«

»Herzlichen Dank auch, ich geb's an meine Lehrer weiter, vielleicht erbarmen sie sich meiner und verlegen die beiden Stunden in den Nachmittag. Aber mal im Ernst, Dad, warum bist du zu so nachtschlafender Zeit auf den Beinen?«

»Ich muss mich gleich auf den Weg zum Flughafen machen. Geschäftsreise nach Hongkong. Vermutlich werd ich drei bis vier Wochen dortbleiben. Ich muss dann mal nachrechnen, wann der sinnvollste Termin für unsere Telefonate ist.«

»Drei bis vier Wochen?« Cats Stimme zitterte. »Aber Dad … du kommst doch, oder?«

»Honey, was das angeht …«

»Dad, das war das Einzige, was ich mir gewünscht hab. Ich brauch keine Klamotten oder Kinogutscheine oder CDs. Ich möchte, dass du meinen Geburtstag mit mir feierst. So wie du es versprochen hast.«

Er schwieg.

»Daddy …«

»Cat, du bist kein kleines Mädchen mehr. Du bist alt genug, um zu begreifen, dass es manchmal schwierig ist für Erwachsene …«

»Es ist immer schwierig für Erwachsene«, fiel sie ihm ins Wort. »Und ich begreife verdammt viel. Ich hab ja auch immer Verständnis, zum Beispiel dafür, dass meinen Eltern beiden ihre Karriere wichtiger war als ihre Familie. Ich hab vollstes Verständnis dafür, dass immer ich zurückstecken muss, weil eure Leben ja so viel wichtiger sind als meins!«

Sie hatte sich in Rage geredet und war immer lauter geworden, sodass sie den Schlüssel in der Haustür nicht hörte. Erst das laute Scheppern, als ihrer Mum die Einkäufe aus der Hand fielen, erregte ihre Aufmerksamkeit. Sie drehte sich um, sah das entsetzte, verletzte Gesicht ihrer Mutter, hörte, wie ihr Vater durch das Telefon auf sie einredete, ließ den Hörer fallen, rannte die Treppe hinauf, knallte ihre Tür hinter sich zu, warf sich aufs Bett und weinte.

Sie konnte ihre Mum unten reden hören, vermutlich hatte sie den Telefonhörer genommen und sprach mit Dad. Geschah den beiden ganz recht, dass sie sich miteinander auseinandersetzen mussten!

Cat hatte sich so sehr auf ihren fünfzehnten Geburtstag gefreut. Sie hatte sich sehnlichst gewünscht, dass ihr Dad für ein paar Tage nach Deutschland käme. Mit ihren Eltern und Nadja hatte sie dann zur Feier des Tages nach Mannheim ins Planetarium fahren wollen, um sich dort den neuen Vortrag anzuschauen. Sie liebte das Planetarium, aber da es fast zwei Stunden Autofahrt entfernt lag, waren die Ausflüge dorthin besonderen Gelegenheiten vorbehalten.

Sie hatte davon geträumt, Dad die Schönheit der Sternwirbel, der Nebulas und Galaxien zu zeigen, die sie so sehr verzauberten. Vielleicht könnte er ihre Begeisterung nachvollziehen, nicht so wie Mum. Die fuhr zwar zu jeder möglichen Gelegenheit mit Cat dorthin, wirkte aber im Angesicht der Schönheit immer seltsam traurig.

Cat hörte ihre Mum unten rumoren und fragte sich kurz, ob sie vielleicht besser hinuntergehen und helfen sollte, aber eigentlich wollte sie sich der Enttäuschung ihrer Mutter gerade nicht stellen. Mum würde nicht wütend sein, nur verletzt. Verletzt und müde.

Es war ganz schön unfair, dass alle immer das Recht hatten, verletzt und müde zu sein, nur sie nicht. Sie musste immer Verständnis haben, für alles. Ein weiteres Schluchzen stieg in ihrer Kehle auf, als sie erneut das Telefon klingeln hörte.

Mit verheultem Gesicht und triefender Nase sprang Cat aus dem Bett und die Stufen ins Erdgeschoss hinunter, wo ihre Mum gerade aus der Küche trat, um abzuheben. Cat hechtete an ihr vorbei und griff sich den Hörer. »Hallo?« Mehr ein Schluchzen als ein Wort. Egal.

»Cat? Alles okay mit dir?«

Nadja. Dem Himmel sei Dank! »Ja, alles gut.« Cat zwang ihre Stimme unter Kontrolle. Ihre Mum stand in der Tür zur Küche und sah sie forschend an, doch Cat wich ihrem Blick aus.

»Kannst du rüberkommen, Süße?« Nadja klang sehr müde.

»Aber sicher. Ich bin auf dem Weg.«

»Danke. Bis gleich.« Nadja legte einfach auf. Normalerweise hätten sie gute zehn Minuten gebraucht, um zu entscheiden, wer zuerst auflegen musste. Kein gutes Zeichen.

Cat hängte den Hörer ein und wandte sich der Treppe zu, doch ihre Mutter hielt sie auf.

»Catherine Jocelyn Victoria Munroe.«

Autsch. Alle Vornamen. Cat blieb stehen und drehte sich langsam um.

»Willst du mir vielleicht mal erklären, was los ist?« Cats Mum wirkte nicht wütend, sondern eher beherrscht. Cat seufzte.

»Nadja musste heute zum Arzt. Zum Hämatologen.« Cat entging nicht, dass ihre Mutter blass wurde. »Sie will, dass ich vorbeikomme. Ich würd dann auch dortbleiben, ich glaub, sie braucht mich grad.«

Mum sah zur Eingangstür, vor der eine fettig glänzende Pfütze von dem Debakel von vorhin zeugte, dann sah sie wieder Cat an. »Worauf wartest du noch? Deine Freundin braucht dich.«

Cat machte einen Satz nach vorn, drückte ihrer Mum einen Kuss auf die Wange und rannte die Treppe hinauf. »Danke, Mum!«

»Denk an deine Zahnbürste!«

Als Cat keine halbe Stunde später bei Nadja klingelte, war es deren Mutter Silke, die ihr die Tür öffnete.

»Hallo, Cat. Danke, dass du gekommen bist.«

»Das ist doch selbstverständlich! Ist Nadja oben?«

»Ja, in ihrem Zimmer. Sag ihr bitte, dass in zwanzig Minuten das Essen auf dem Tisch steht.«

»Mach ich, vielen Dank!«

Cat eilte die Treppe hinauf. Das Haus von Nadjas Familie war deutlich größer als das kleine Reihenhaus, in dem sie mit ihrer Mum lebte. Freistehend, mit großem Garten und eigenem Pool, was in den kommenden Monaten eine Menge Spaß und Abkühlung versprach. Auch Nadjas Zimmer war viel größer als ihr Eigenes, und mit einem Raumteiler unterteilt.

Cat ging durch den vorderen Bereich und registrierte, dass weder Fernseher noch Konsole angeschaltet waren – unüblich, war der Controller doch eigentlich immer das erste, was Nadja daheim zur Hand nahm – und auch keine Hausaufgaben auf dem Schreibtisch lagen.

Sie trat an das von beiden Seiten nutzbare, deckenhohe Bücherregal und klopfte gegen dessen Seite. Dahinter stand Nadjas Bett, warm und diffus beleuchtet von einer Lichterkette, die in einem an der Decke aufgespannten Fallschirm, den sie gemeinsam gebraucht im Army Store gekauft hatten, schwebte. Nadja lag auf dem Bett, auf dem Rücken, ganz still, und starrte in die Lichter. Sie sah nicht auf, als Cat sich bemerkbar machte, klopfte aber wortlos neben sich auf die Matratze.

Cat streifte die Schuhe ab und ließ sich neben ihrer Freundin aufs Bett fallen. Sie schwiegen. Cat legte ihre Hand über Nadjas, die ihre Finger miteinander verschränkte. Es dauerte eine ganze Weile, bis Nadja zu sprechen begann.

»Sie haben eine Knochenmarkspunktion gemacht. Ich hab eine Narkose bekommen«, sie hob die linke Hand, auf der ein Pflaster klebte, »dann haben sie in meinem Rücken den Knochen angestochen und da Knochenmark entnommen. Das muss jetzt in einem Labor untersucht werden.« Cat lag ganz still und fürchtete sich vor dem, was als Nächstes kommen würde. Als sie Nadjas Blick auf sich spürte, wandte sie ebenfalls den Kopf und sah ihre Freundin an. »Sie befürchten, es könnte Leukämie sein.« Aus Nadjas Auge floss eine Träne auf das Kissen. »Ich hab so große Angst, Cat.«

Cat hatte keine Ahnung, was sie sagen sollte. Stumm schlang sie die Arme um die zitternde Nadja und hielt sie einfach nur fest, solange, bis sie Nadjas Mutter rufen hörte, das Essen sei fertig.

Auch wenn Nadja sich merklich am Riemen riss, verlief das Abendessen in angespannter Atmosphäre. Niemand wollte über den Elefanten im Raum sprechen. Silke versuchte, die Stimmung mit Small Talk aufzuhellen und Cat gab sich Mühe, darauf einzugehen, doch Nadja machte ihre Bemühungen mit brütendem Schweigen zunichte.

Sie aß auch nicht viel. Obwohl das Risi-Bisi, das Silke gekocht hatte, extrem lecker war, stocherte sie nur auf ihrem Teller herum, genau wie ihre Mutter. Es dauerte nicht lange, bis Silke der Geduldsfaden riss.

»Kannst du jetzt mal bitte mit dem Ertrinken in Selbstmitleid aufhören? Das ist ja nicht zum Aushalten!«

Nadjas Kopf schoss hoch, und Cat verkniff sich ein Seufzen. Jetzt würden die beiden jähzornigen Streithähne aufeinander losgehen und sie war mittendrin.

»Weißt du, eine von uns hat heute erfahren, dass sie vielleicht an Krebs sterben muss. Da kann man dann schon mal Trübsal blasen!«, fauchte Nadja.

»Und eine von uns hat nicht die Absicht, ihr Kind an was auch immer sterben zu lassen, also hör auf zu jammern«, schoss Silke zurück.

»Als ob du dagegen was machen könntest.« Nadjas Stimme brach. Sie schniefte. Cat griff nach ihrer Hand.

Silke schlug mit den flachen Händen so fest auf den Tisch, dass die Teller und Gläser wackelten. »Es gibt immer Mittel und Wege. Immer«, brüllte sie.

Nadja begann zu weinen. Cat legte wieder die Arme um sie und tätschelte ihr den Rücken. »Du kannst auch nichts gegen den Krebs machen, Mama«, schluchzte Nadja. »Wenn es das ist, dann brauch ich eine Chemo. Dann werde ich meine Haare verlieren! Und wenn die nicht hilft, dann werde ich mit Glatze sterben.« Nadja sah auf. Ihre Augen glänzten vor Tränen, ihr Gesicht war fieberfleckig. »Ich will nicht sterben.«

Silke packte ihren fast vollen Teller und warf ihn an die Wand, wo er scheppernd zerschellte. »Du wirst nicht sterben! Ich werde das nicht zulassen.« Sie hielt sich mit beiden Händen am Tisch fest und schien mit sich zu ringen. »Ich werde das nicht zulassen«, murmelte sie. Dann richtete sie sich auf, als ob sie gerade eine Entscheidung getroffen hätte, und verließ den Raum.

Cat, die nicht wusste, wie sie mit der Situation umgehen sollte, hielt Nadja weiter im Arm und murmelte ihr unzusammenhängende Ermutigungen ins Haar.

Als Silke zurück ins Esszimmer stürmte, zuckten beide Mädchen zusammen. Silke kniete sich vor ihre Tochter, zog sie aus Cats Armen und drückte ihr Kinn hoch, sodass sie sich ins Gesicht sehen konnten. Dann wiederholte sie mit fester, beherrschter Stimme: »Ich werde das nicht zulassen.« Sie hob ihre Hand, die fest um irgendetwas geschlossen war. Es schien, als würde es ihr schwerfallen, die Finger zu öffnen.

Cat beugte sich ein wenig vor – was Silke da wohl so verzweifelt umklammerte? Ein Kreuz vielleicht, oder ein anderes Glaubenssymbol? Sie hatte die Familie ihrer Freundin nie als sonderlich religiös erlebt, aber diese Art von Blick hatten Menschen immer dann, wenn ihnen etwas wirklich heilig war. Als Silkes Hand sich geöffnet hatte, lag auf ihrer zitternden Handfläche nur eine unscheinbare grüne Murmel. Cat zog unwillkürlich die Augenbraue hoch.

Auch Nadja schien nicht zu begreifen und sah ihre Mutter verwirrt an.

Silkes Gesicht verzerrte sich, und ihre Finger schlossen sich wieder um die kleine Glaskugel. »Ich lasse es nicht zu, hörst du? Dieser Weg ist immer noch offen.«

Nadja löste sich aus Cats Armen und beugte sich vor. »Mama, welcher Weg? Was soll das? Was hat es mit der Murmel auf sich?«

Silke wich zurück. In ihren Augen loderte es, sodass Cat sich fragte, ob der Schmerz und die Angst sie in den Wahnsinn getrieben hatten. Ihr Blick ging zwischen den Mädchen hin und her, ihr Gesicht verzog sich zu einer Fratze.

Die Hand mit der seltsamen Murmel schoss nach vorne und Cat wich zurück, weil sie fürchtete, Silke wolle sie schlagen, doch die hielt ihr die kleine Kugel vor die Nase und brüllte: »Sag du es ihr! Es gibt immer einen Weg! Los, sag es ihr!«

Cat starrte auf das grüne Glas. Was zur Hölle wollte Silke von ihr? Was sollte das alles? Hatte sie ernsthaft den Verstand verloren? »Ich … Ich weiß nicht …«

Silke schrie auf, als hätte man sie geschlagen. »Du weißt nicht? Du weißt nicht? Wie kann es sein, dass ausgerechnet *du* nicht weißt …« Sie hielt inne und sah Cat direkt in die Augen, forschend, fragend. Cat, die sich mittlerweile ernsthaft fürchtete, spürte, wie ihr die

Tränen in die Augen schossen. »Du weißt es wirklich nicht.« Silke fiel kraftlos in sich zusammen, landete auf ihrem Hintern und schwankte hilflos mit dem Oberkörper vor und zurück. »Wie kannst du das nicht wissen? Du bist doch seine Tochter.«

Cat verstand nun gar nichts mehr. »Silke, was ist denn los? Von was sprechen Sie denn da? Ich verstehe nicht.«

Silke begann, hysterisch zu lachen. »Du weißt es wirklich nicht. Oh, die Welt ist eine Bühne und wir sind ihre Narren. All die Jahre hab ich mich gefragt, was er damit bezweckt, dabei weiß er es gar nicht.« Tränen liefen über ihr vollständig entgleistes Gesicht, während das irre Gelächter ihren ganzen Körper schüttelte. Nadjas Blick wanderte wie bei einem Tennisspiel zwischen den beiden hin und her. Auch sie schien keine Ahnung zu haben, was hier eigentlich vorging.

»Mama?«, fragte sie sehr leise. Silke schien sie gar nicht wahrzunehmen. Nadja kniete sich vor sie hin und legte ihr die Hände auf die Schultern. Silkes Körper zuckte und einen Augenblick lang hatte Cat Angst, sie würde ihre Tochter schlagen, doch sie brach einfach nur vornüber zusammen.

Nadja fing sie auf und hielt sie. Silke hob den Kopf und sah sie über die Schulter ihrer Tochter hinweg an.

Cat erschrak über den Hass, der in Silkes Augen lag. Sie wich unwillkürlich zurück, verließ das Esszimmer und ging in Nadjas Zimmer.

Dort lag immer noch ihr Rucksack, wo sie ihn kaum eine Stunde früher hatte fallen lassen. Sie setzte sich auf den Boden neben der Tür, die Arme um den Rucksack geschlungen, und wartete. Es dauerte gut eine halbe Stunde, bis Nadja kam.

»Es tut mir total leid«, begann ihre Freundin, doch Cat winkte ab.

»Schon gut. Ich will mir gar nicht vorstellen, wie sie sich gerade fühlt. Wie geht's dir?«

»Beschissen, aber nicht hoffnungslos.«

Die Mädchen lachten. Nadja schüttelte den Kopf. »Hast du irgendeine Idee, was da gerade abgegangen ist?«

»Nicht den Hauch einer Ahnung. Echt nicht. Was hat sie wohl gemeint mit ‚Du bist doch seine Tochter'? Sie kennt meinen Dad doch gar nicht.«

»Ich hab keinen Schimmer. Hör mal, ich hab sie jetzt ins Bett gebracht, aber ich weiß nicht, ob sie so gut damit klarkäme, wenn du noch da wärst, wenn sie …«

»Mach dir keinen Kopf. Ich geh heim. Ich möchte im Moment echt nicht in ihrer Nähe sein. Ich hab das

Gefühl, als würde sie mich hassen, aber ich weiß nicht, warum.« Cat schluckte ein Schluchzen herunter. Sie wollte jetzt nicht weinen. Nadja brauchte sie, sie musste stark sein.

»Danke. Danke, dass du hergekommen bist, danke, dass du für mich da bist, danke, dass du verstehst.«

Cat hob den Kopf und sah Nadja in die Augen. »Dafür nicht. Wenn wir zusammen sind …«

»… kann uns nichts aufhalten. Ich liebe dich, weißt du das?«

Cat lächelte und drückte ihre Freundin fest an sich. »Ich liebe dich auch, du dummes Huhn. Und keine wütende Mum, kein rumkotzender Lehrer, kein Typ und keine dämliche Krankheit werden das je ändern können.«

VERSCHWUNDEN

Als Cat nach Hause kam, lag ihre Mum schon im Bett. Sie hatte in der Küche alles fürs Frühstück parat gestellt, also würde sie vermutlich in aller Frühe ins Krankenhaus fahren müssen. Cat wusste, dass ihre Arbeit ihre Mum glücklich und stolz machte, und sie verstand auch deren Wichtigkeit, aber manchmal fände sie es schon schön, wenn Mum mal Zeit für sie hätte.

Die war in den letzten Jahren, mit jedem technischen Fortschritt und jeder Beförderung, immer mehr zur Mangelware geworden. Dabei hätte Cat jetzt gerade nichts lieber getan, als mit ihr über die Ereignisse dieses seltsamen Tages zu sprechen.

Vermutlich wusste sie, was die Untersuchungen, die Nadja blühten, zu bedeuten hatten, und hätte Cat helfen können, all das einzuordnen. Vielleicht wusste sie sogar, warum Silke eben so am Rad gedreht hatte – und ob sie ihren Dad vielleicht doch kannte. Dad konnte sie nicht anrufen, solange sie keine Nummer aus seinem Hotel in Hongkong hatte. Und Granny würde sich nur unnötig Sorgen machen … nein, mit diesem Schlamassel musste sie erst mal allein zurande kommen. Vielleicht gelang es ihr ja morgen, Mum zu erwischen.

Cat zog ihre Zahnbürste aus dem Rucksack und schlich leise ins Bad. Auch wenn ihre Mutter normalerweise schlief wie ein Baby, wollte sie sie nicht unnötig stören – unausgeschlafen neigte sie genauso zur Grantigkeit wie ihre Tochter. Cat kroch unter ihre Decke und nahm sich den angefangenen Roman wieder zur Brust. Als sie einschlief, folgten ihr Bruchstücke aus der Geschichte in ihre Träume.

Silke kennt meinen Vater, und das ist die Wahrheit. Silke hat meinen Vater noch nie gesehen, und das ist die Wahrheit. Nadja ist in Gefahr, und das ist die Wahrheit. Die Murmel ist die Wahrheit. Die Murmel …

Als ihr Wecker sie aus ihren unruhigen Träumen riss, war es dieser Satz, der sie ins Wachsein begleitete. *Die Murmel ist die Wahrheit. Die Murmel ist wichtig …* Cat schüttelte sich wie eine nasse Katze, sprang aus dem Bett und eilte ins Badezimmer.

Unter der heißen Dusche versuchte sie, den Traum aus dem Zwielicht zurückzuholen, in das er gefallen war, aber es gelang ihr nicht. *Die Murmel ist die Wahrheit*, dachte sie. *Vielleicht dreh ich auch gerade einfach durch.* Sie schlüpfte in Jeans und T-Shirt, sah kurz aus dem Fenster und entschied sich für ein zusätzliches Flanellhemd, dann stürmte sie mit einem Handtuch über den nassen Haaren die Treppe hinunter.

Auf dem Küchentisch standen eine noch warme Schüssel Porridge mit Kirschkompott und eine große Tasse Tee, die ebenfalls noch warm war, also konnte ihre Mum noch nicht lange weg sein.

Sie frühstückte schnell, flocht danach die noch feuchten Haare zu einem straffen Zopf, sah noch mal raus, um sicherzugehen, dass es nicht regnete, und holte dann ihr Fahrrad aus der Garage.

Mit dem Drahtesel zur Schule zu fahren war ihr deutlich lieber als der proppenvolle, elend laute Schulbus, aber seit sie mal acht Schulstunden in erst durchweichter, dann feuchter und schließlich klammer Kleidung hinter sich hatte bringen müssen, achtete sie morgens genau auf das Wetter. Während sie, um die viel befahrene Hauptverkehrsader zu vermeiden, im großen Bogen am Fluss entlang Richtung Schule radelte, ließ sie das seltsame Abendessen bei Nadja noch einmal vor ihrem inneren Auge Revue passieren.

»Wie kannst du es nicht wissen? Du bist doch seine Tochter!«, hatte Silke gesagt. Das ergab immer noch keinen Sinn. Als Billy Munroe das letzte Mal in Deutschland gewesen war – vor zwei Jahren in den Sommerferien – waren Nadja und Silke gerade auf Sylt. Das vorletzte Mal hatten sie Nadjas Vater, der sonst im Leben der beiden nie eine Rolle zu spielen schien, auf einer Geschäftsreise begleitet. Und bei dem Besuch davor hatte Nadja eine hochansteckende Magen-Darm-Grippe gehabt …

Cat blieb mitten auf dem Radweg stehen, stemmte die Füße auf den Boden und grübelte. Jedes Mal, wenn ihr Dad zu Besuch gekommen war, waren Nadja und Silke verhindert gewesen. Im Urlaub, krank, in Kur – und das bei elf Besuchen in den letzten neun Jahren, seit Cat mit ihrer Mum aus Cupertino in die tiefste deutsche Provinz gezogen war, damit Jenny Munroe Horden von Krankenschwestern und medizinischen Fachangestellten beibringen konnte, wie man MRT-Geräte bediente, weil ihre Karriere nun mal ihr Lebensinhalt …

Cat rief sich zur Ordnung. Diese Gedanken waren unfair. Mum hatte genauso ein Recht auf berufliche Erfüllung wie Dad auch. Dass der Cupertino nicht hatte verlassen wollen, Mum aber die Chance bekommen hatte, hier wirklich etwas zu bewegen, wie sie selbst sagte, hatte Cat damals völlig aus der Bahn geworfen. Heute lebte sie eigentlich gern in der verschlafenen Kleinstadt, die vermutlich nicht viel größer war als der Walmart in Palo Alto.

Sie hatte ja Nadja. Vom ersten Tag an, an dem sie, während die Möbelpacker den Überseecontainer ausgeräumt hatten, verloren zwischen den Gärten der Neubausiedlung herumgestromert und dem gleichaltrigen Mädchen begegnet war, waren sie beide unzertrennlich gewesen. Und auch wenn sie ihren Dad schmerzlich vermisste, war das Leben auf dieser Seite des Ozeans irgendwie entspannter, das war ihr bei jedem Besuch dort mehr klargeworden.

Ihre Gedanken schweiften schon wieder ab. Sie konzentrierte sich auf die Besuche ihres Vaters, jeden einzelnen davon – wie Schätze aus einer Truhe zog sie die Erinnerungen hervor und freute sich über das warme Glühen im Bauch, das sie auslösten. Weihnachten, zum ersten Mal unter einem echten Baum, an dem echte Kerzen steckten und keine elektrischen Lichter. Dad war fast durchgedreht, als Mum ihr dabei geholfen hatte, sie mit einem Zündholz anzustecken. Dafür war ihre Mutter stinksauer gewesen, als Daddy beim nächsten Besuch im Hochsommer mit ihr die neue, unglaublich lange Wasserrutsche im Freibad hinuntergesaust war, für die sie allein noch zu klein gewesen war. Gezankt hatten sie sich eigentlich jedes Mal, wenn Dad hier war, aber lang nicht so schlimm wie damals, bevor Cat mit ihrer Mutter umgezogen war.

Cat suchte gründlich in ihrem Gedächtnis und schaffte es, jeden Besuch ihres Vaters in Zusammenhang mit schönen Erlebnissen zu setzen, aber in keiner dieser Erinnerungen kam Nadja vor. Warum war ihr das vorher nie aufgefallen? Das war doch eigentlich total ungewöhnlich, immerhin war Nadja von Anfang an superneugierig auf den tollen Dad aus Kalifornien gewesen, der im fernen Silicon Valley an Computerchips arbeitete.

Cat erinnerte sich, dass Nadja sogar ein bisschen neidisch gewesen war, als sie vor Kurzem auf Cats Schreibtisch das erste Powerbook entdeckt hatte. Das Teil sollte in den USA erst im Oktober auf den Markt kommen, aber Billy Munroe hatte seiner Tochter eins der Mitarbeitermodelle geschickt. Und Nadja, die, obwohl ihre Eltern deutlich mehr Geld zur Verfügung hatten als Jenny Munroe, nur einen Atari ST in ihrem Zimmer stehen hatte, war mindestens ebenso begeistert wie angefressen gewesen. Keine zwei Wochen später hatte sie den neuen Atari STE geschenkt bekommen. Silke mochte es nicht, wenn ihre Tochter zurückstecken musste.

Überhaupt Silke. Die war, nachdem sie erfahren hatte, dass Cat mit ihrer Mum aus Amerika hergezogen war, erst mal total neugierig gewesen. Als Cat dann von ihrem alten Zuhause in Kalifornien berichtet hatte, war diese Neugier rasch abgeflaut. Aber als sie dann erfuhr, dass Cats Granny immer noch in Galesburg lebte, hatte sie alles über die Familie Munroe hören wollen.

Kannte sie Dad vielleicht von früher? Nadja war sich sicher, dass ihre Mutter zwar einmal mit ihrem Vater in den USA gewesen war, aber nur in New York und nicht mal in der Nähe von Kansas.

Cat trat wieder in die Pedale. Ihre Grübelei hatte sie die Zeit vergessen lassen und jetzt musste sie sich beeilen, um rechtzeitig zum Unterricht zu kommen. Als sie in an der Schule ankam, hatte es schon geklingelt und der große Exodus aus der Aula, in der sich morgens alle trafen, war schon fast vorbei. Und ausgerechnet heute hatte sie natürlich in der ersten Stunde Geografie im obersten Stock des Neubaus.

Cat seufzte, schloss ihr Fahrrad ab und machte sich daran, die fünf Treppen zum Obergeschoss hinaufzurennen. Sie war ein bisschen zufrieden, als sie oben ankam und nicht außer Atem war – seit Nadja letztes Jahr angefangen hatte zu rauchen, hechelte die ganz schön, wenn sie Treppen steigen musste.

Als Cat um die Ecke kam, wollte Herr Hoffmann gerade die Tür schließen. Er sah sie angerannt kommen, grinste und hielt ihr die Tür auf, sodass sie mit dem letzten Klingeln noch in den Raum huschen konnte. Wie in den meisten Klassen erlaubte auch ihr Geo-Lehrer nicht, dass sie neben Nadja saß, weil sie, egal wie viel Mühe sie sich gaben, doch nie die Klappe halten konnten. Daher fiel ihr nicht sofort auf, dass ihre Freundin nicht da war.

Erst, als sie ihre Unterrichtsmaterialien aus der Tasche genommen und auf dem Tisch ausgebreitet hatte und ihren Blick durch den Raum schweifen ließ, bemerkte sie, dass der Platz neben Marc leer war. Cat zog eine Augenbraue hoch, stieß ihren Banknachbarn Dirk an und flüsterte: »Weißt du, wo Nadja steckt?«

Dirk schüttelte nur den Kopf. Cat riss ein kleines Stück Papier aus ihrem Schmierblock, schrieb die gleiche Frage in winzigen Buchstaben auf den Zettel, faltete ihn so klein wie möglich zusammen und wartete dann, bis Herr Hoffmann sich der Tafel zuwandte.

Als der begann, die Klimazonen Chinas anzuschreiben, warf Cat das Zettelchen zielsicher in Marcs Nacken. Der sah sich empört um, verstand aber Cats vorsichtiges Gestikulieren richtig, suchte den Zettel, faltete ihn auf und las ihn. Dann drehte er sich erneut zu Cat herum und schüttelte mit bedauernder Mine den Kopf.

Verdammt, wo steckte die nur? Cat seufzte, griff sich ihr Heft und notierte, was Herr Hoffmann an die Tafel schrieb, doch in ihren Gedanken hatte sie keinen Platz für Klimazonen. Die drehten sich nur um Nadja.

In der zweiten Stunde, Englisch im Klassenraum im Erdgeschoss, war Nadja immer noch nicht aufgetaucht. Cats Sorgen ließen sie sekündlich hibbeliger werden, bis sie es einfach nicht mehr aushielt und um Erlaubnis bat, die Toilette aufsuchen zu dürfen. Ihr Englischlehrer, Herr Braun, war zwar sehr streng, was das Verlassen des Unterrichts betraf, aber seit letztes Jahr eine Schülerin mit durchgebluteter Hose nach Hause entlassen werden musste und deren Mutter anschließend ein ziemlich gewaltiges Fass aufgemacht hatte, kamen zumindest die Mädchen mit den Toilettenbesuchen während der Stunde durch.

Widerwillig nickte er, Cat verließ die Klasse, schloss die Tür hinter sich und wandte sich dann, statt den Toiletten im Zwischengeschoss, dem Flur zur Aula zu. Sie ging, so schnell sie konnte, ohne zu rennen, denn rennend würde sie auf jeden Fall erwischt werden.

Die Treppe aus der Aula zum Sekretariat und Lehrerzimmer war leer, also schlüpfte sie aus dem Gang in die große Halle zum Münztelefon, das dort in der Ecke neben dem Vorraum hing. Sie sammelte alles Kleingeld zusammen, das Geldbeutel und Hosentasche hergaben, und wählte mit zitternden Fingern Nadjas Nummer. Freizeichen. Sie ließ es klingeln, zehn, zwanzig, fünfundzwanzig Mal, bis sie aus der Leitung flog, und versuchte es sofort wieder.

Nach drei Versuchen hängte sie den Hörer ein und beeilte sich, zurück in die Klasse zu kommen. Nicht lange, nachdem sie Platz genommen hatte, klingelte es zur Pause.

Cat folgte ihren Klassenkameraden durch den Flur Richtung Ausgang, überlegte kurz, ob sie es noch mal telefonisch versuchen sollte, sah aber eine Horde Fünftklässler am Apparat und ging stattdessen lieber nach draußen. Ohne Nadja gab es für sie keinen Grund, sich in einer Gruppe Zehntklässler zu verstecken, um sich an der Schulhofaufsicht vorbei zu schleichen und das Schulgelände Richtung Metzgerei zu verlassen – normalerweise hätte sie ihre Freundin natürlich begleitet, damit die, wie alle anderen Unter-16-Jährigen, dort ihre Pausenkippe rauchen konnte.

So stand Cat verloren auf dem vorderen Schulhof, den die mittleren Jahrgänge, die das Schulgelände noch nicht verlassen durften, für sich beanspruchten. Sie setzte sich auf eins der »Kunstwerke«, die die Schulleitung vorletztes Jahr angeschafft hatte, und die die Schülerschaft hinter vorgehaltener Hand kichernd »Die Treppe ins Nichts« getauft hatte, und beobachtete ihre Mitschüler. Sie bemerkte Marc, der sich ihr von schräg hinten genähert hatte, erst, als er sich neben sie auf die Treppe fallen ließ.

»Nadja ist immer noch nicht aufgetaucht, was?«, fragte er.

»Nein.« Was für eine doofe Frage. War doch offensichtlich, dass sie nicht da war.

»Vielleicht ist sie krank.«

»Gestern ging's ihr noch gut.« Das war gelogen. Gut war es ihr nicht gegangen, aber wirklich krank hatte sie auch nicht gewirkt.

»So 'ne Erkältung hat man sich ja ratzfatz eingefangen.«

Cat sah Marc an. Er war einer der beliebtesten Jungs der Schule, Mitglied der Basketballmannschaft, die ihre Schule bis zu *Jugend trainiert für Olympia* gebracht hatte, gutaussehend, reiche Eltern, das volle Programm halt.

Was wollte er von ihr? Sie und Nadja hatten nichts mit der Clique der Schulhelden zu tun. Sie gehörten nicht zu den coolen Kids, dafür waren ihre Hobbys zu abseitig, ihr Musikgeschmack zu seltsam und ihre Klamotten nicht markenlastig genug. Marc konnte mit jedem der angesagten Mädchen seine Pause verbringen, warum saß er hier und machte Small Talk mit ihr?

»Möglich. Aber sie hat vor der Schule nicht angerufen.« Das machten sie beide eigentlich immer, wenn eine von ihnen krank war, damit die andere die jeweiligen Blätter und Aufgaben für sie einsammeln konnte.

»Vielleicht war sie ja beim Arzt. Oder sie hat verschlafen.« Er grinste. Wenn er das tat, mit diesen irre weißen Zähnen im braun gebrannten Gesicht, seine Augen so funkelten und sich die Grübchen tief in seine Wangen gruben, konnte sie verstehen, warum die anderen Mädchen dermaßen auf ihn standen. Hübsch war er wirklich. Sie lächelte zaghaft.

»Ja, das kann sein. Vielleicht hat sie einfach verpennt und dann beschlossen, diesem Tag einen Haken zu verpassen.«

»Vielleicht wollte sie mir auch einfach mal 'ne Chance geben.«

»Chance? Wofür?« Sie sah ihn neugierig an. Er lächelte, sein Blick wich aber nicht von den arschteuren Marken-Sneakern an seinen baumelnden Füßen.

Als er aufsah und zu einer Antwort ansetzte, klingelte es. Er sprang von der Treppe, drehte sich zu ihr herum, beugte sich vor und küsste sie kurz und sanft auf die Lippen. »Dafür«, sagte er, wandte sich ab und stürmte ins Gebäude.

Cat saß da wie vom Donner gerührt. War das gerade wirklich passiert? Marc Sonnyboy Weinberg, der Held der Mittelstufe, hatte sie geküsst? Cats Verstand war in Aufruhr, aber in ihrem Bauch war ein warmes Glühen aufgeflammt. Seine Lippen waren so weich … und er roch so gut. Wie konnte das sein? Es dauerte ein wenig, bis sie sich aufrappeln und zur nächsten Stunde gehen konnte.

Die nach der Pause folgende Doppelstunde Französisch fand wieder im Klassenzimmer statt, allerdings in deutlich kleinerer Gruppe. Während Cat in der einen Hälfte der Klasse Ionescos *Rhinoceros* besprach, war die andere Hälfte im Sprachlabor und übte sich in französischer Konversation.

Ausnahmsweise neidete ihnen Cat das, obwohl sie den literarischen Kurs mit voller Absicht gewählt hatte – aber

Ionescos doppeldeutiges und absurdes Theaterstück holte sie einfach nicht ab, ebenso wenig wie Kafkas *Verwandlung* im Deutschunterricht sie hatte begeistern können. Die Interpretationen der Lehrer hielt sie für weit hergeholt und unglaubwürdig.

Als sie ihrer Mutter davon erzählt hatte, hatte Jenny Munroe gelacht und gesagt, es sei vollkommen albern, mit Teenagern ihres Alters solche Texte zu lesen, in ein paar Jahren würde sie ganz anders darüber denken. Das konnte Cat sich zwar nicht vorstellen, aber sie hatte auch nicht mit ihrer Mum streiten wollen.

Jetzt, während Madame Grill über die Kritik am totalitären Regime im Stück schwadronierte, wünschte Cat sich dringend ins Sprachlabor, wo gerade vermutlich über die neuesten Kinofilme diskutiert werden wurde. Vielleicht sogar über diesen spektakulären Streifen über *The Doors,* den sie mit Nadja schon zweimal im Kino gesehen hatte, weil Val Kilmer in seiner Rolle als Jim Morrison sogar noch heißer war als der Lizard King selbst. Und wo, wenn wir gerade schon bei heißen Typen sind, auch Marc gerade war.

Verdammt. Hatte sie sich gerade eingestanden, dass sie den Anführer der Sonnyboys heiß fand? Als ob der auch nur wüsste, wer der Lizard King war. Oder Trent

Reznor. Der hörte doch bestimmt nur *Roxette* und *Scorpions* und solchen Mainstream-Kram. Was sollte sie mit einem Typen, der keine Ahnung von ihrer Welt hatte? Sie hatte Marc noch nie mit einem Buch gesehen, abgesehen natürlich von denen, die sie für die Schule lesen mussten. Aber einen fetten Roman mitschleppen, wo man ging und stand, dafür fand der sich doch zu cool.

Oder … verurteilte sie gerade jemanden aufgrund seines Äußeren und seiner Klamotten? *Das ist ganz schön voreingenommen, Missy,* klang die Stimme ihrer Granny in ihrem Kopf. *Don't judge a book by its cover.* Wenn sie das nächste Mal mit ihm sprach, würde sie ihn einfach nach seinem Lieblingsbuch fragen. Vielleicht überraschte er sie ja!

Vor sich hin träumend und in ihren Gedanken immer zwischen der Sorge um Nadja und den drängenden Fragen, die sich um Marc entspannen, hin und herpendelnd, merkte Cat gar nicht, wie die Doppelstunde verging. Als es klingelte, schrak sie hoch und packte schnell ihre Sachen zusammen, doch noch bevor sie und ihre Mitschüler den Klassenraum verlassen konnten, trat der Direktor ein.

»Meine Damen und Herren, ich komme mit guten Neuigkeiten!« Trotz seines piekfeinen Anzug-mit-Krawatte-Outfits war Herr Ochs ebenso umgänglich wie freundlich – und verfügte außerdem über einen sehr angenehmen Sinn für Humor. »Da wir Frau Bernhardy gleich in einer Konferenz brauchen, fallen eure letzten beiden Stunden heute leider aus. Angesichts des Wetters«, er sah aus dem Fenster in den strahlenden Sonnenschein, »ist das für euch vermutlich ein hartes Los, das ihr aber leider tragen müsst. Wir sehen uns dann morgen wieder.«

Die Klasse jubelte laut und auch Cat stimmte mit ein. Sie würde sich sofort auf den Weg zu Nadja machen.

Trotz ihrer Eile fuhr Cat wieder die Strecke am Fluss entlang. Sie hatte nicht die Absicht, sich überfahren zu lassen. An Nadjas Haus angekommen, stellte sie fest, dass Silkes Auto nicht in der Einfahrt stand. Wo steckten die bloß? Was, wenn mit Nadja was passiert war? Cats Herz schlug ihr bis zum Hals, ihr Magen zog sich schmerzhaft zusammen.

Sie ließ ihr Rad neben der Eingangstür stehen und klingelte. Wie zu erwarten, machte niemand auf, also ging sie einmal um das Haus herum zur Terrasse. Im Erdgeschoss war die komplette Rückwand verglast. Im Sommer hatte sie Nadja schon mehr als einmal um die riesige Tür beneidet, die sich beiseiteschieben ließ und so das halbe Wohnzimmer nach draußen öffnete. Aber auch diese Tür war gerade geschlossen.

Cat legte die Hände ums Gesicht und sah nach drinnen. Was immer auch passiert war, Silke hatte zwischendurch die Zeit gefunden, den Tisch abzuräumen und das Debakel von gestern Abend aufzuräumen. Nur ein sanft schimmernder Fettfleck erinnerte an den zerschmetterten Teller Risi-Bisi.

Sonst gab es weder von Silke noch von Nadja eine Spur. Cat dachte kurz nach. Es war Mittwoch, Nadja hatte heute weder Tennis- noch Klavierstunden. Es hatte vermutlich wenig Sinn, hier zu warten. Wenn wirklich etwas passiert war, würde eine der beiden sicher anrufen. Seufzend machte Cat sich auf den Heimweg.

Am nächsten Morgen erwachte Cat noch deutlich besorgter. Nicht nur, dass weder Nadja noch Silke sich gemeldet hatten – und auch bei ihren sechs Anrufen nicht abgehoben –, auch ihre Mum hatte sie gestern nicht gesehen. Als sie nach Hause gekommen war, hatte ein Zettel auf dem Küchentisch gelegen, der Cat darüber informiert hatte, dass Jenny zu einer Fortbildung ins Stadtkrankenhaus gefahren war und erst spät nach Hause kommen würde.

Eigentlich hatte Cat auf ihre Mum warten wollen, aber dann war sie doch eingeschlafen.

Um so erfreuter war sie, als sie nach unten kam und ihre Mutter am Frühstückstisch sitzen sah. Jenny wirkte müde, aber entspannt. Cat lief zu ihr und umarmte sie fest.

»Guten Morgen, Honey. Geht's dir gut?«

Cat schnappte sich eins der frischen Biskuits, die im Korb verführerisch vor sich hindufteten, und antwortete mit vollen Backen: »Geht so. Ich mache mir krass Sorgen um Nadja.«

»Was ist denn bei dem Arzt herausgekommen?«

»Knochenmarkspunktion. Aber das ist gar nicht der Punkt – Silke war vorgestern Abend so seltsam …«

»Bist du deshalb wieder nach Hause gekommen?«

»Du hast mich gehört? Sorry, ich wollte dich nicht wecken. Ja, genau. Sie hatte einen Wutausbruch und hat sogar mit einem Teller geworfen. Und sie hat was total Merkwürdiges gesagt.«

»Dass die Frau völlig außer sich ist, kann man aber doch verstehen, nicht wahr? Wie schrecklich muss es sein, diese Sorgen ertragen zu müssen. Es dauert nur ein paar Tage, bis die Ergebnisse da sind, aber wie lang müssen die ihr vorkommen ...«

»Ja, total. Aber …«

»Wie geht es Nadja denn?«

»Das ist ja der Punkt! Dienstag ging es ihr soweit gut. Es hat noch ein bisschen wehgetan und sie hatte natürlich Angst, aber sonst war alles okay. Gestern war sie aber nicht in der Schule. Bei denen daheim war auch keiner. Und ans Telefon gegangen sind sie auch nicht.«

»Vielleicht hat es angefangen, wehzutun, und sie sind ins Krankenhaus gefahren. Das kann bei Punktionen schon mal passieren.«

»Kannst du das rausfinden?«

»Cat, ich kann doch nicht einfach …«

»Mum, bitte. Du musst doch nur eine der Schwestern fragen. Ich will doch nur wissen, ob mit ihr alles in Ordnung ist.«

»Na gut. Ich frage. Aber in der Zwischenzeit fährst du bitte los, sonst kommst du zu spät zur Schule. Ich fahre gleich noch einkaufen und mache den Kühlschrank voll. Heute Nachmittag muss ich zu einer Konferenz in Mannheim und bleibe bis Sonntag dort.« Sie zögerte kurz. »Vielleicht kannst du Samstag nach der Schule mit dem Zug nachkommen? Dann könntest du mit mir im Hotel übernachten und Sonntag ins Planetarium gehen. Und nach dem Vortrag fahren wir zusammen wieder nach Hause.«

»Das ist ’ne tolle Idee, Mum! Das machen wir! Außer … außer Nadja musste wirklich ins Krankenhaus. Dann würde ich lieber bei ihr bleiben wollen.«

»Natürlich! Wenn Nadja dich braucht, ist das etwas anderes. Wir telefonieren, okay? Ich rufe heute Abend aus dem Hotel an, damit du meine Nummer hast.«

»So machen wir’s. Bis dann, Mum!« Cat drückte ihrer Mutter noch einen dicken Kuss auf den Scheitel, schnappte ihren Rucksack und stürmte aus der Tür.

SELTSAME ZEITEN

Diesmal kam Cat früher an der Schule an. Nachdem sie ihr Rad abgeschlossen hatte, ging sie erst mal rüber zur Metzgerei. Kaum hatte sie den Zebrastreifen überquert, drang ihr auch schon Nadjas Lachen ins Ohr. Cats Schritte beschleunigten sich von ganz allein, bis sie fast rannte – dann blieb sie wie angewurzelt stehen, als sie sah, mit wem Nadja da so viel Spaß hatte: Charlotte, Chantal und Marie-Claire. Das dreifache Lottchen. Ausgerechnet diese arroganten, dauergewellten, strähnchenblondierten Überschnepfen? War die auf Drogen?

Vorsichtig näherte Cat sich der Gruppe. Wie üblich war das dreifache Lottchen umgeben von Bewunderern, Arschkriechern und Speichelleckern, die über die nicht komischen Witze der drei Grazien lachten und verzweifelt versuchten, ein Krümelchen Aufmerksamkeit zu erhaschen. Also genau die Art Leute, um die sie und Nadja normalerweise einen riesigen Bogen machten. Cat trat durch die Horde hindurch neben ihre Freundin, die ihr einen kurzen Blick zuwarf und dann übertrieben gestikulierend und mit seltsam überdrehter Stimme weitererzählte:

»Und dann – kein Scheiß, ehrlich, ihr müsst mir glauben – und dann steht dieser Typ da in seinem *Rollins-Band*-Shirt und den abgewetzten Hosen und fragt mich, ob ich mit ihm ein Eis essen gehen will. Ein Eis!« Sie lachte schrill. Cat verstand die Welt nicht mehr – *Rollins Band* klang nach Dominik, dem Typen aus der Stufe über ihnen, auf den Nadja schon seit Monaten abfuhr. Die Umstehenden schütteten sich aus vor Lachen.

Auf der anderen Straßenseite klingelte es. Als die ganze Meute sich in Bewegung setzte, versuchte Cat, sich neben Nadja einzureihen, doch das Trio Infernale hatte sie in die Mitte genommen. Cat drängte sich zu ihr hindurch und rief: »Hey Nadja, kannst du mal …« Nadja sah ihr direkt in die Augen, bevor sie sich abwandte und einfach weiter ging. Cat sah ihr nach, als hätte sie sie geschlagen. Marie Claire grinste sie verächtlich an und schubste sie zur Seite, um gemeinsam mit den anderen drei die Schule zu betreten.

Tränen schossen Cat in die Augen, ihre Wangen waren rot und heiß. Was war da gerade passiert? Sie gehörten doch zusammen, sie und Nadja, was wollte die jetzt mit ihrer einstigen Nemesis? Cat dachte kurz darüber nach, sich umzudrehen und einfach zu gehen, aber sie war sich im Klaren darüber, dass ihr das nur noch mehr Ärger einbringen würde, also schluckte sie ihre Tränen hinunter und ging weiter.

Kurz bevor sie durch die Tür in den gläsernen Windfang trat, berührte sie jemand an der Schulter. Cat, in Gedanken versunken und mit geröteten Augen, fuhr herum und sah sich Marc gegenüber, der sie freundlich angrinste.

»Hey, da ist deine bessere Hälfte ja wieder.«

»Ja, auch wenn sie plötzlich sehr seltsamen Geschmack beweist, was die Auswahl ihrer Begleitung angeht.« Verdammt. Marc war letztes Jahr noch mit Marie-Claire zusammen gewesen. Böses Fettnäpfchen. Aber Marc grinste nur noch breiter. Gemeinsam gingen sie Richtung Klassenraum.

»Wie kommt's, dass sie plötzlich mit dem Höllentrio abhängt? Die haben euch beide doch die ganze Zeit mit dem Arsch nicht angeguckt. Völlig andere Zielgruppe.« Er lachte. Schon wieder die Grübchen.

»Ich hab keine Ahnung. Aber ich werde es rausfinden!«

Er lachte erneut, verstummte jedoch, als er in ihr Gesicht sah. »Das verletzt dich. Das tut mir leid. Ich wollte mich nicht über dich lustig machen.«

»Schon okay.«

»Sag mal«, begann er, »hast du nicht Lust, heute Mittag mit mir ein Eis essen zu gehen? Auch wenn ich kein *Rollins-Band*-Shirt hab?« Er hatte das Geseier also auch gehört. »Ich könnte aber eins von *Danzig* in den Ring werfen!«

So einen guten Musikgeschmack hätte sie ihm gar nicht zugetraut. An der nächsten Treppe würden ihre Wege sich trennen müssen. Cat nickte. »Ja. Gern. Wenn ich mit Nadja gesprochen hab.«

Er nickte, strahlte und wandte sich der Treppe zum Neubautrakt zu. Immer zwei Stufen auf einmal nehmend sprang er hinauf, hielt aber inne und sah sich um, als Cat nach ihm rief.

»Marc! Was ist dein Lieblingsbuch?«

Er legte den Kopf schräg und dachte einen Augenblick nach. »Eigentlich würde ich jetzt *Steppenwolf* sagen. Hesse klingt so schön intellektuell und posig. Aber eigentlich ist es momentan gerade *Imagica*. Von Clive Barker.« Er sprang die nächsten Stufen hinauf.

In der Klasse angekommen, hatte Cat gerade noch Zeit, in ihre Bank zu schlüpfen und ihre Bücher hervorzuholen, bevor der Unterricht begann. Nadja saß wie üblich in der Reihe an der Tür, während Cat wie immer am Fenster saß. Cat schrieb »Was geht denn mit dir ab? Wir müssen reden. Dringend« auf ein Zettelchen, doch um es auf dem schnellsten Wege zu Nadja zu bekommen, würde sie es an Charlotte weiterreichen müssen und das kam gar nicht infrage.

Als die Lehrerin damit beschäftigt war, lateinische Vokabeln an die Tafel zu schreiben, tippte Cat der vor ihr sitzenden Suleika auf die Schulter, zeigte ihr erst den Zettel und dann auf Nadja. Suleika nickte, nahm das Zettelchen und gab es zur Seite weiter, indem auch sie auf Nadja zeigte. Es dauerte ein wenig länger, doch schließlich kam der Zettel bei Nadja an. Die faltete ihn auseinander, las ihn und steckte ihn dann in ihr Mäppchen, ohne sich zu Cat umzudrehen oder auch nur Anstalten zu machen, ihr zu antworten. Was zur Hölle?

Auch in den Pausen gelang es Cat nicht, zu ihrer Freundin vorzudringen, die ununterbrochen von der Tussenclique und deren Anhang abgeschirmt wurde. Als Cat am Fahrradständer ihr Schloss öffnete, grübelte sie. Nadjas Fahrrad war nicht da, also würde sie wohl mit dem Bus nach Hause fahren. Dort konnte sie ihr nicht entkommen.

Marc kam am Fahrradständer vorbei, strahlte sie an und fragte: »Halb fünf bei *Jesolo?*« Er wohnte also offensichtlich nicht in ihrem Viertel, sonst hätte er wohl kaum eine Eisdiele in der Innenstadt ausgesucht.

Meinte er das wirklich ernst? Er wollte sich mit ihr treffen? Das Blut schoss ihr schon wieder ins Gesicht, und sie ließ ihre Haare nach vorne fallen, um ihr Erröten vor ihm zu verbergen. Wenn er sie nur veräppeln wollte, würde sie es ihm nicht zu leicht machen und ihm schon gar nicht zeigen, dass er sie wirklich berührte. Und dem Aufruhr in ihrem Bauch zufolge, berührte er sie deutlich mehr, als sie erwartet hätte …

Bis halb fünf hätte sie Zeit genug, bei Nadja vorbeizufahren und trotzdem pünktlich in der Stadt zu sein, also nickte sie zögernd. »Ich freu mich.«

»Nicht so sehr wie ich!« Er machte einen lustigen kleinen Luftsprung, winkte ihr noch mal und rannte dann zur Bushaltestelle. Cat schwang sich auf ihr Fahrrad und fuhr los.

Diesmal stand Silkes Auto in der Einfahrt. Cat stellte ihr Rad in den Carport und klingelte. Silke öffnete. Ihr

Blick wirkte sofort angewidert, so als hätte Cat ihr Hundekacke zur Haustür gebracht.

Was war denn bloß los?

»Hallo, Silke. Ist Nadja da?«

»Nein.« Silke versuchte, die Tür wieder zu schließen, doch Cat hatte gewaltig die Nase voll. Sie stellte ihren Fuß in die Tür und war verdammt froh, dass sie heute Morgen Docs angezogen hatte statt der Sandalen.

»Ich muss mit ihr reden!«, fauchte sie.

Silkes Blick war kalt. »Sie ist nicht hier. Wenn sie mit dir reden will, weiß sie ja wohl, wo sie dich findet.«

»Was ist denn bloß los mit ihr?«

»Sie hat vermutlich gerade andere Sorgen als deine Aufdringlichkeit.«

»Meine Auf…?« Cat fehlten die Worte. Sie machte sich Sorgen um ihre beste Freundin! Das war ja wohl nicht aufdringlich.

»Ich werde ihr sagen, dass du hier warst. Sie kann dich ja dann anrufen, sobald sie wieder da ist. Tschüss, Cat.« Silke schob Cats Fuß aus der Tür, um sie zu schließen. Cat stand eine gute Minute wie vom Donner gerührt da, dann nahm sie ihr Fahrrad und fuhr nach Hause.

Dort betrat sie das Haus, das leer und still auf sie gewartet hatte. Anscheinend waren nicht einmal die

Katzen daheim, alles wirkte tot und fremd. Sie spähte in die Küche und wünschte sich inständig, ihre Mum würde am Herd stehen und etwas kochen, doch natürlich war da niemand. Der Hunger war ihr vergangen, also würde auch sie sich jetzt nichts zu essen machen. Stattdessen ging sie in ihr Zimmer, schnappte sich ihren Walkman und warf sich aufs Bett. *Something I can never have* schluchzte Trent Reznor ihr ins Ohr und traf damit ziemlich genau ins Schwarze.

Sie wollte doch einfach nur nicht allein sein. Das war doch nicht zu viel verlangt, oder? Aber ihr Dad musste ja unbedingt in Cupertino bleiben und um die Welt jetten und ihre Mum musste von Konferenz zu Konferenz fahren, um mit ihren dämlichen MRT-Geräten auf dem neuesten Stand zu bleiben. Und jetzt hatte auch ihre beste Freundin plötzlich keine Zeit mehr für sie.

Cat schniefte. Sie wollte jetzt nicht weinen. Sonst würde sie womöglich nachher zum Eisessen mit Marc mit Triefnase und verheulten Augen auftauchen ... Sie öffnete den Walkman, zog die Kassette heraus und warf sie wütend auf die Kissen. Nein, vom Rumheulen würde es nicht besser werden. Nadja würde sich schon wieder einkriegen. Sie musste einfach. Wenn sie zusammen waren, dann konnte sie schließlich nichts aufhalten!

Cat legte den Walkman beiseite und schnappte sich ihr Buch. Vor lauter Aufregung hatte sie Roland und seine Mitstreiter sträflich vernachlässigt, es wurde Zeit, nach Mittwelt zurückzukehren. Dort würde sie die Ablenkung finden, die sie jetzt brauchte, um dem Schmerz den Rücken kehren zu können. Zum Glück dachte sie daran, sich einen Wecker zu stellen, denn ohne das Klingeln hätte sie sich im Buch verloren und wäre niemals rechtzeitig losgekommen. In der Innenstadt war es ihr auf dem Fahrrad zu gefährlich, also musste sie den richtigen Bus erwischen und der fuhr hier draußen nachmittags nur alle halbe Stunde.

Im Bus legte sie ein neues Tape in den Walkman. *Nine Inch Nails* war nur begrenzt Romantik-tauglich. Moment, Romantik? Noch war doch gar nicht klar, was Marc eigentlich von ihr wollte. *Lieber erst mal mit geringen Erwartungen an die Sache rangehen, Cat.* Obwohl sie sich in Gedanken zurückpfiff, legte sie lächelnd die neue Kuschelrock-Kassette ein. Wenn schon, denn schon! Zu Vaya con Dios' *What's a Woman* legte sie den Kopf an die Scheibe und malte sich den Nachmittag mit Marc aus. Ob er sie wohl wieder küssen würde?

Als der Bus endlich in der Stadt ankam, sprang Cat hinaus und lief Richtung Eisdiele. In der Innenstadt war trotz des herrlichen Sonnenscheins ganz schön was los. Es erschloss sich ihr nicht wirklich, wie man bei dem Wetter freiwillig bummeln gehen konnte, aber zielloses Streifen durch die Geschäfte war ohnehin nie ihr Ding gewesen.

Durch das Schaufenster des großen Schuhladens an der Hauptstraße entdeckte sie plötzlich Nadja mit einem Paar völlig absurder Plateau-Stiefeletten in der Hand. Buffalos? Im Ernst? Nadja schaute auf, als ob sie ihren Blick gespürt hätte, sah ihr direkt in die Augen und wandte sich dann ungerührt zu Chantal um, anscheinend, um sie nach ihrer Meinung zu fragen.

Cat überlegte kurz, in den Laden zu stürmen, Nadja da raus zu zerren und ihr gehörig den Marsch zu blasen, aber da es fraglich war, ob eine solche Szene ihre jähzornige Freundin wieder zu Verstand bringen würde, ging sie einfach weiter. Schließlich wartete Marc auf sie. Doch das warme Glühen der Vorfreude in ihrem Bauch kam nicht gegen den Schmerz an.

An den Tischen vor dem Eiscafé entdeckte sie Marc nicht, daher ging Cat durch den langen, schmalen Schlauch bis zu der Tür, die in den wunderschönen, malerisch bepflanzten Innenhof führte. Marc saß an ihrem Lieblingstisch direkt unter dem hölzernen Bogen, an dem sich in verschwenderisch duftender Pracht Blauregenblüten über den Tisch ergossen.

Sie schlängelte sich durch die eng gestellten Tische und ließ sich ihm gegenüber in den Korbsessel fallen.

»Ich hab nicht erwartet, dass du mir überschwänglich um den Hals fällst, aber mit so einer Leichenbittermiene hab ich ehrlich gesagt auch nicht gerechnet«, sagte er leise.

Cat schnaubte. »Entschuldige. Das Entgleisen meiner Gesichtszüge hat nichts mit dir zu tun.«

»Deine Aussprache mit Nadja?«

»Schön wär's. Sie ist wohl nach der Schule gar nicht nach Hause, zumindest war sie nicht dort. Aber gerade eben, als ich vom Bus hierhergelaufen bin, hab ich sie mit Chantal im Schuhladen gesehen.« *Ausgerechnet mit der blonden Planschkuh,* fügte sie in Gedanken hinzu.

»Vielleicht steht ihr der Sinn nach fünf Minuten Ruhm. Du weißt doch, wie's an der Schule läuft.«

»Warst du deshalb mit Marie-Claire zusammen? Wegen der fünf Minuten Ruhm?«

»Autsch.« Er sah zu Boden, bevor er sie wieder ansah. »Nein. Marie und ich kennen uns, seit wir drei waren. Aus dem Kindergarten. Unsere Eltern sind befreundet. Es wurde quasi von uns erwartet, ein Paar zu werden.«

»Aber die Kindergarten-Romantik hat nicht ausgereicht?«

»Nein. Marie hat sich verändert. Wir interessieren uns nicht für die gleichen Dinge. Ich finde, es gibt Wichtigeres als Schuhe, Klamotten und Make-up.«

»Sport?«

»Wieder autsch. Du trittst ganz schön fest zu, Cat. Nein, nicht Sport. Ich mein, der ist mir wichtig, die *Jugend-trainiert-für-Olympia*-Nummer war einfach saucool, das hat mir einen richtigen Schub gegeben. Und ich werd ganz sicher weiter Basketball spielen, weil's mir echt Spaß macht und ich auch ziemlich gut darin bin. Wusstest du, dass ich in die USA hätte gehen können?«

Sie sah ihn überrascht an und schüttelte den Kopf. Er fuhr fort: »Ich hätte ein Stipendium bekommen, um dort Highschool und College abzuschließen, mit Aussicht auf einen Spielervertrag in der NBA.«

Cat pfiff durch die Zähne. »Warum hast du's nicht gemacht?«

»Zum einen, weil ich nicht weggehen wollte. Weder von meinen Eltern noch von meinen Schwestern noch von meinen Freunden. Zum anderen will ich nach dem Zivi zwei Jahre Entwicklungsdienst leisten, bevor ich mit dem Studium anfange.«

»Entwicklungsdienst?«

»Ja, so was wie das Friedenskorps in den USA. Entwicklungshilfe halt. Brunnen bauen und Schulen. Was bewegen in der Welt.«

»Wow. Das ist ein großartiger Plan!«

»Findest du wirklich? Marie hat mich ausgelacht. Für sie ist es grandiose Zeitverschwendung, nicht direkt nach dem Zivildienst Jura zu studieren, damit ich möglichst schnell einen gut dotierten Posten in der Kanzlei meines Vaters kriegen kann.« Er lachte bitter.

Ein Kellner in weißer Uniform mit roter Fliege trat an ihren Tisch, um ihre Bestellung aufzunehmen. Marc orderte ein großes Spaghetti-Eis, Cat einen Yogurette-Becher. Marc sah sie erstaunt an und Cat erwiderte seinen Blick fragend.

»Die Mädchen, mit denen Marie abhängt … die hätten vermutlich nur eine Kugel bestellt. Oder vielleicht einen Eiskaffee, aber nicht, ohne siebenundzwanzig Mal darauf hinzuweisen, dass ‚das eine Riesenausnahme ist, ich muss ja schon so ein bisschen darauf achten, was ich esse, Jeansgröße achtundzwanzig hält man ja nicht ohne Mühe!‘« Er imitierte den affektierten Tonfall so gut, dass Cat laut lachen musste.

»Meine Jeans passen mir ganz hervorragend, vielen Dank auch. Und ich muss mich nicht mehr in die reinquetschen, die ich mit zwölf getragen habe. Was soll der Quatsch? Ich versteh das nicht.«

»Zum Glück. Meine Mama sagt immer, wer sich keinen Genuss gönnt, hat auch sonst keine Freude im Leben.«

»Kluge Mama.« Cat grinste, als der Kellner ihre Eisbecher brachte und machte sich mit großem Genuss über ihre Schokoriegel her.

»Tausche Spaghetti-Eis-Keks gegen Schokoriegel-Stück!«

»Da mache ich aber einen schlechten Deal, Monsieur!«

»Ich könnte ihn mit ein bisschen Schlagsahne versüßen.« Er hielt ihr den herzförmigen Keks, mit dessen Spitze er einen großen Klecks Sahne aufgenommen hatte, entgegen. Sie überlegte kurz, beugte sich dann vor, biss ab, kaute mit geschlossenen Augen und übertrieben seliger Mine und lachte dann.

»Wenn man mir vor 'ner Woche erzählt hätte, dass ich dir heute aus der Hand fressen würde …«

»Keine Bange, das hätte ich auch nicht geglaubt! Nur gehofft …«

Sie sah ihn an. Seine Augen waren sehr dunkel, seine Miene ernst. Cat hatte keine Ahnung, was sie dazu sagen sollte, aber sie wich seinem Blick nicht aus. Er schien noch etwas sagen zu wollen, überlegte es sich aber anders und machte sich weiter über sein Eis her.

In Cat machte sich das Gefühl breit, eine Chance vertan zu haben, aber ihr war nicht klar, was sie hätte tun oder sagen sollen. Sie hätte gern sein Gesicht berührt, damit er sie wieder ansah. Jedes Mal, wenn sein Blick auf ihr lag, war da eine Wärme in ihr, die sie so nicht kannte. Unsicher wandte auch sie sich wieder ihrem Eisbecher zu.

Als beide aufgegessen hatten, entschuldigte Cat sich und verschwand gen Toilette. Vor dem Waschbecken sah sie in den Spiegel. Äußerlich hatte sich nichts verändert, sie sah aus wie immer, aber in ihrem Inneren war die Welt in Aufruhr. Während sie sich die Hände wusch, dachte sie an Marcs Augen, so dunkel und klar, und ihr Magen zog sich vor Aufregung zusammen. *Das sind dann wohl die berühmten Flugzeuge im Bauch,* dachte sie und grinste. Sie sah wieder in den Spiegel und das Mädchen darin strahlte sie mit leuchtenden Augen an.

»Ich glaube, du hast dich verliebt, Cat Munroe«, murmelte sie. Ob das eine kluge Idee war? Das Mädchen im

Spiegel schien ihr aufmunternd zuzuzwinkern. Cat ging zurück zum Tisch.

Marc sprang auf, als sie kam. »Ich war so frei und hab schon gezahlt. Wollen wir noch spazieren gehen?«

»Danke, das ist lieb von dir. Das nächste Eis geht dann auf mich.«

»Es gibt ein nächstes Eis?« Himmel, er sah aus wie ihr Hund Brisket, als der noch ein Welpe gewesen war und die Wurst vom Tisch gestohlen hatte. Sie lachte, nahm all ihren Mut zusammen und griff nach seiner Hand. Als seine Finger sich um ihre schlossen, wurden einen kurzen Moment lang ihre Knie ganz weich. *Verdammt, Cat,* dachte sie. *Wie in einem schlechten Hollywood-Film. Es fehlen nur die verdammten Geigen.* Doch auch, wenn ihr Verstand sich darüber lustig machen wollte, fühlte es sich verdammt gut an.

»Ja. Lass uns gehen.«

Hand in Hand schlenderten sie Richtung Markt. Es war warm und sonnig, ein nahezu perfekter Junitag, und die Biergärten all der Kneipen und Restaurants waren proppenvoll. Die Luft summte vor Gesprächen und Gelächter. Cat und Marc schwiegen, nicht, weil sie sich nichts zu sagen gehabt hätten, sondern weil es sich gut anfühlte, so nebeneinander durch die Sonne zu gehen, verbunden durch die ineinander verschränkten Finger, inmitten einer Welt, die voll von Liebe und Glück zu sein schien. Cat fühlte sich, als würde sie schweben.

Zumindest, bis Marc angewidert schnaubte. Verwirrt sah sie ihn an, im ersten Moment voller Sorge, etwas falsch gemacht, die Seifenblase des Glücks zerstört zu haben, doch dann folgte sie seinem Blick und entdeckte in einer Seitengasse das dreifache Lottchen – und Nadja. Zwischen einer beträchtlichen Menge Einkaufstüten saßen die vier an einem der runden Blechtische und prosteten sich geziert mit kleinen Kristall-Tumblern zu, die mit einer leuchtend rosa Flüssigkeit gefüllt waren.

»Roter Wodka mit Sprite«, knurrte Marc zwischen zusammengebissenen Zähnen. »Mit der Alterskontrolle haben die's da noch nie so genau genommen. Dass die schon unter der Woche saufen, ist aber neu.« Er wandte den Blick ab und sah Cat an. »Es tut mir leid, dass sie deine Freundin da mit reinziehen.«

»Nadja ist kein kleines Kind mehr«, erwiderte Cat. »Sie wird wissen, was sie tut.« So selbstsicher sie das auch sagte, der Zweifel in ihrem Inneren war groß. Hatte die Angst Nadja das Hirn vernebelt? Hatte sie vielleicht sogar eine schlimme Diagnose bekommen und lebte nun, als könne jeder Tag ihr letzter sein, weil dem eben so war? Aber Mum hatte doch gesagt, es würde ein paar Tage dauern, bis die Ergebnisse vorlagen. Am liebsten hätte Cat Nadja sofort zur Rede gestellt, aber sie scheute die Auseinandersetzung mit den Schrecklichen Drei. Entschlossen ging sie weiter Richtung Fluss, zog Marc mit und ließ ihre Freundin hinter sich.

Sie setzten sich auf die breite Mauer, die den Theaterplatz säumte, und schauten auf die Wiesen am Fluss hinunter. Unzählige kleine Grüppchen von Teenagern unterschiedlichsten Alters hatten sich dort zwischen den beiden großen Spielplätzen auf den Grünflächen niedergelassen und genossen die Sonne. Sie entdeckten mehr als ein bekanntes Gesicht, aber keiner von ihnen hatte wirklich Lust, zu den anderen hinunterzugehen.

Stattdessen zog Marc sie an der breiten Treppe, die zum Flussufer führte, vorbei und über die Fußgängerbrücke auf die andere Seite. Dort thronte auf einem Hügel eines der Wahrzeichen der Stadt, das alte Schloss. Von hier führte eine Sandsteintreppe hinauf in den Schlossgarten. Cat war erneut dankbar, dass sie nie mit dem Rauchen angefangen hatte, und ohne zu Schnaufen oben ankam.

Der Blick über die Stadt war den Aufstieg jedes Mal wert. Cat wünschte, sie hätte einen Fotoapparat dabei, um das Bild festhalten zu können. Sie stand ganz vorne am Aussichtspunkt, direkt an der breiten Sandsteinbrüstung und sog die Schönheit der blühenden Stadt ganz tief in sich ein. Marc stand hinter ihr, trat einen Schritt nach vorn und legte die Arme um sie. Zuerst erstarrte Cat ob der ungewohnten Berührung, lehnte sich dann aber an ihn, spürte seine Wärme im Rücken und fühlte sich so sicher und geborgen wie schon lange nicht mehr.

Sie hatte keine Ahnung, wie lange sie dort standen, ganz still, auf eine Art und Weise miteinander verbunden, für die sie keine Worte hatte, aber sie fühlte sich, als würde sie leuchten. Erst als ein älteres Ehepaar höflich, aber unmissverständlich deutlich machte, dass sie jetzt bitte mal dorthin wollten – nicht, dass es nicht noch vier andere Wölbungen in der Mauer gegeben hätte, von denen aus der Blick genauso schön war – gingen sie auseinander, nahmen sich bei der Hand und spazierten weiter.

Cat wusste nicht, was sie sagen sollte, um das Schweigen zu brechen, aber vielleicht brauchte dieser Moment auch keine Worte. Sie schlenderten durch den Schlossgarten und unter dem rauschenden Blätterdach riesiger Kastanien hindurch zum Rosengarten. Dort, unter einem blühenden Baldachin, blieb Marc stehen und zog Cat in seinen Arm.

Sie sahen sich in die Augen, und in diesem Moment waren sie die Ersten, die jemals derart füreinander gebrannt hatten. Als Marcs weiche Lippen sich auf ihre senkten, starteten sämtliche Flugzeuge in Cats Bauch auf einmal durch und ihre Knie wurden weich.

Eine knappe Stunde später stieg Cat an ihrer Haltestelle aus dem Bus und ging, immer noch in jenem Moment gefangen, die Straße entlang nach Hause. Sie bereitete sich aus den Vorräten, die ihre Mum aufgestockt hatte, ein Abendessen zu und aß es, da ja niemand meckern konnte, im Wohnzimmer vor dem Fernseher. In der aktuellen Folge *21 Jump Street* musste Johnny Depp sich mit einem verzogenen Hollywood-Schnösel herumschlagen und wurde zugleich noch von einem Ex-Knacki verfolgt, den sein Officer Hanson ins Gefängnis gebracht hatte.

Cat fläzte auf dem Sofa, trank eine Coke aus einem Glas ohne Untersetzer und fühlte sich ausnehmend rebellisch. Als das Telefon klingelte, hätte sie beinahe das Glas umgefegt und die klebrige Flüssigkeit im halben Wohnzimmer verteilt, aber im letzten Moment gelang es ihr, das kippelnde Glas zu fassen. Sie rannte zum Telefon – kein Rennen im Haus, Cat! – und nahm ab.

»Hallo?«

»Hi Honey, hier ist Mum.«

»Hi Mum! Ist es schön in deinem Hotel?«

»Ja, sehr. Ich habe eben erst eingecheckt, es war so irrsinnig viel zu tun! Heute Nachmittag habe ich dich aus dem Konferenzzentrum angerufen, aber da warst du nicht daheim.«

»Ja, ich war noch in der Stadt, ein Eis essen.«

»Wie schön! Geht's Nadja besser?«

Natürlich, wenn sie in der Stadt Eis essen war, dann selbstverständlich mit Nadja. Mit wem sonst?

»Ich denke schon. Sie hat nicht mit mir gesprochen.«

»Sie hat … Ist alles okay mit dir?«

»Ja. Nein. Ich weiß nicht. Nadja ist voll seltsam. Wie ausgewechselt. Sie hat heut den ganzen Tag mit dem Trio Infernale abgehangen.«

»Mit denen? Aber die könnt ihr doch auf den Tod nicht ausstehen!«

»Ich immer noch nicht. Nadja anscheinend jetzt schon.« Cat überlegte kurz, ob sie ihrer Mum von den Wodka-Drinks erzählen sollte, entschied sich aber dagegen. Vermutlich würde das genauso eskalieren wie vor ein paar Monaten, als sie sich verplappert hatte, dass Nadja rauchte. In den USA wurde der Konsum solcher Genussmittel durch Minderjährige viel ernster gesehen als in Deutschland. Daran würde ihre Mum sich wohl nie gewöhnen.

»Gut, du musst verstehen, dass Nadja gerade eine harte Zeit durchmacht. Sei ihr nicht böse, wenn sie sich merkwürdig verhält. Das wird sich alles wieder einrenken, wenn sie wieder gesund ist und keine Sorgen mehr hat.«

»Das hoffe ich sehr, Mum.«

»Geh nicht zu spät ins Bett, hörst du? Und vergiss nicht, die Pflanzen zu gießen und die Katzenklos sauber zu machen. Ich hab dich lieb, Honey. Bis morgen.«

»Ich hab dich auch lieb, Mum. Bis morgen.«

Cat ging zurück ins Wohnzimmer, aber natürlich hatte sie den Schluss der Folge verpasst. Sie schnappte sich die Fernsehzeitung, um nachzusehen, was nach der Werbung kam, als das Telefon erneut klingelte.

»Hallo?«

»Hi Cat.«

»Daddy!«

»Hör mal, Honey, ich hab grad nur ganz wenig Zeit, aber ich wollte dir meine Nummer hier in Hongkong geben …« Er hielt sich den Hörer vom Ohr und schien mit jemandem zu reden, dann war er wieder da. »Hast du was zu schreiben, Honey?«

»Ja, sicher! Leg los.«

Er diktierte ihr die Nummer und Cat wiederholte sie gewissenhaft.

»Ich muss schon wieder los. Honey, I love you because …«

»Most of all I love you cause you're you«, vervollständigte Cat den Satz. Er lachte und legte auf.

Cat, die wegen des Streits immer noch ein komisches Gefühl im Bauch hatte, war ein wenig versöhnter. Auch wenn sie die Hoffnung, dass er vielleicht doch zu ihrem Geburtstag kommen würde, noch nicht aufgegeben hatte.

II. DAS LIED DES FEINDES

JUNI 1991

I am the master of my fate: I am the captain of my soul
William Ernest Henley

KOMA

Als Cat sich am nächsten Morgen schulfertig machen wollte, stellte sie bei der Fütterung der Raubtiere fest, dass eine der Katzen fehlte. Wie üblich kamen die drei Mädchen aus allen Ecken des Hauses angerannt, sobald sie den Dosenöffner hörten, und auch Fudge bequemte sich von oben herab, wo er vermutlich wie immer auf dem Bett von Cats Mutter geschlafen hatte. Aber so viel sie auch rief und lockte, Justus tauchte nicht auf.

Seufzend machte Cat sich daran, das Haus gründlich von unten bis oben zu durchsuchen. Im Keller zu beginnen, war logisch, denn der dicke graue Kater liebte es, sich dort unten zu verstecken. Am liebsten in der warmen Waschküche, wo er Cat regelmäßig halb zu Tode erschreckte, wenn er aus dem Nichts zwischen ihre Beine schoss und sie beinahe mitsamt dem vollen Wäschekorb zu Fall brachte.

Aber weder in der Schmutzwäsche noch zwischen Waschmaschine und Wand war er zu finden. Systematisch filzte Cat Kellerraum für Kellerraum, öffnete Schränke und Schubladen – Helix, die so geheißen hatte, weil ihr linkes Auge nach einer Kampfverletzung ausgesehen hatte wie der Helixnebel, hatte sich ein paar Monate vor ihrem Tod in einer Kommodenschublade eingesperrt und war von selbst nicht mehr herausgekommen – doch hier unten war Justus auch nicht.

Also machte sie im Erdgeschoss weiter. Ein Blick auf die Uhr verriet ihr, dass der Bus auf jeden Fall schon weg war und auch mit dem Fahrrad würde sie es vermutlich nicht mehr pünktlich schaffen, aber was sollte sie machen? Das ihr anvertraute Lebewesen war ja wohl wichtiger als eine Doppelstunde Mathe. Die Suche verlief sowohl im Erdgeschoss als auch oben ergebnislos.

Cat begann, sich ernsthafte Sorgen zu machen. Als sie die Meute vor dem Schlafengehen gefüttert hatte, waren alle da gewesen und alle Fenster und Türen geschlossen. Sie hörte, wie Lovis und Kassy – eigentlich Kassiopeia – unten an der Gartentür maulten, weil sie raus wollten, aber das würde warten müssen, bis sie den Dicken gefunden hatte. Jetzt gab es ja nur noch eine Möglichkeit.

Leise vor sich hin knötternd zog Cat mit dem schweren Haken, der im Flurschrank hing, die Leiter zum Dachboden herunter und stieg hinauf. Sie schaltete das Licht ein, doch die trübe Glühbirne, die an einem Kabel von der Decke hing, vertiefte die Schatten eher noch.

Laut rief sie nach Justus, und tatsächlich: Im Dunkel regte sich etwas. Einen Augenblick lang sah sie vor ihrem inneren Auge eine fette, aggressive Ratte aus dem Gerümpel hervorbrechen und in einem Affenzahn auf ihr Gesicht zu rennen, aber glücklicherweise war es nur ihr fetter grauer Lieblingskater, der schnurrend angedackelt kam.

Cat klemmte sich das Tier unter den Arm, kletterte die Stiege wieder hinunter und setzte es vor ihrem Zimmer auf den Boden. Sofort strich er laut schnurrend um ihre Beine.

Sie verschloss den Dachboden, warf Momo und Fudge, die zwischenzeitlich hochgekommen waren, um zu sehen, was der Tumult sollte, einen drohenden Blick zu und sagte: »Bleibt vom Dachboden weg, ihr Kröten! Man kann nie wissen, ob nicht doch wieder ein Marder dort oben haust. Und dann habt ihr den Salat! Mit so einer Killermaschine braucht ihr euch nicht anlegen, fett und bequem, wie ihr seid!«

Die Katzen sahen sie alle zutiefst empört an, folgten ihr aber dennoch die Treppe hinunter ins Erdgeschoss. Dort füllte sie erst mal Justus' Napf wieder auf, den während ihrer Suche eine der anderen Katzen freudig geleert hatte, dann ließ sie Lovis, Kassy und Fudge durch die Gartentür nach draußen und schnappte sich den Busfahrplan. Der nächste Bus fuhr erst in vierzig Minuten.

Sie trat an die Tür zu dem kleinen Gärtchen und sah misstrauisch gen Himmel. Grau und verhangen, auch wenn es warm war. Sie rannte noch mal hoch und stopfte Wechselklamotten in ihren Turnbeutel, den sie am Rucksack befestigte. Dann schloss sie die Gartentür, öffnete den Riegel an der Katzenklappe, sodass die Biester rein und raus konnten, wie sie wollten, schnappte sich ihr Fahrrad und machte sich auf den Weg in die Schule.

Obwohl sie diesmal den kurzen Weg durch die Stadt nahm, kam sie erst zum Ende der großen Pause an. Sie ließ sich vom Strom der Schüler und Schülerinnen, die zurück zu ihren Klassen eilten, mittragen, bis ihr einfiel, dass Freitag war und sie in der dritten Stunde Musik hatte. Also stürmte sie die Treppen zum Kunsttrakt hinauf, wohlwissend, dass Herr Wilhelm, der Musiklehrer, selbst eine zweisekündige Verspätung mit einem Eintrag ins Klassenbuch ahndete.

Sie kam pünktlich – gerade so. Ihr erster Blick in der Klasse ging zu Nadjas Platz: leer. Schon wieder. Da erst bemerkte sie, dass Marc sie anlächelte, und lächelte zurück. Die Wärme in ihrem Bauch wallte wieder hoch. Wie konnte es sein, dass sein Lächeln diese Wirkung auf sie hatte? Sie konnte immer noch kaum glauben, dass er ausgerechnet sie gut fand, gestand sich jedoch ein, dass sie das sehr glücklich machte.

Nach der Stunde kam er zu ihr, völlig ungerührt davon, dass die ganze Klasse sie anstarrte, zog sie aus dem Stuhl hoch und küsste sie sanft. Cat war sich darüber im Klaren, dass ihr Gesicht hellrot leuchtete, doch ausnahmsweise war ihr das vollkommen gleichgültig. Seine Lippen lagen warm auf ihren, seine Arme umfingen sie und alles, was um sie herum geschah, war nicht real für sie. Als der Kuss viel zu schnell endete, lehnte sie ihre Stirn gegen Marcs Schulter und genoss den Augenblick der Zärtlichkeit. In Marcs Gegenwart fühlte sie sich auf eine Art vollständig, die sie noch nie erlebt hatte.

Erst Herr Wilhelms lautes Räuspern holte sie zurück in die Realität. Kichernd warf sie ihre restlichen Sachen in den Rucksack, nahm Marcs Hand und ließ sich von ihm aus dem Musiksaal ziehen. Auf dem Flur zog er sie in seinen Arm und drückte ihr einen Kuss auf den Scheitel, bevor sich ihre Wege trennten, weil sie in den kommenden Stunden unterschiedliche Kurse hatten. »Sehen wir uns nachher?«, fragte sie leise. Er schwieg. Cat zuckte zusammen. War sie zu weit gegangen? Fand er sie aufdringlich? Dann seufzte er.

»Ich würde nichts lieber tun, als dich nachher wieder zu treffen«, murmelte er in ihr Haar, »aber ich muss zum Training. Wir könnten morgen was unternehmen.« Seine Stimme hob sich fragend, und Cat nickte. »Ja, gern. Ich freu mich drauf«, sagte sie, stellte sich auf die Zehenspitzen und küsste ihn zum ersten Mal aus eigenem Antrieb. Dann ging sie, grinsend über ihren eigenen Mut, zum Unterricht.

Die nächsten Stunden zogen sich wie Gummi. Cat vermisste Marc – »Sei nicht albern, du Nudel, wie kannst du jemanden vermissen, den du gerade eben erst geküsst hast?«, klang die Stimme von Mrs Wielder-Jenkins, Dads mütterlicher Freundin aus Kansas, in ihrem Kopf – und machte sich gleichzeitig Sorgen um Nadja. Viel Aufmerksamkeit für den Unterricht blieb da nicht übrig.

Zum Glück waren die letzten beiden Stunden Sport, und wie immer, wenn es nicht regnete, scheuchte die Sportlehrerin sie über den Hügel neben der Schule zum Waldlauf. Normalerweise hatte Cat durchaus Spaß daran, aber sonst hatte sie ja auch Nadja, die mit ihr gemeinsam den Berg hochkraxelte und über die restlichen Schülerinnen lästerte.

Richtig Gas gaben sie immer dann, wenn sie am Sportplatz vorbeikamen, auf dem die Jungs ihre Runden drehten. Manchmal wurden Nadjas Sprüche dann richtig gemein, blieben aber immer lustig. So wie damals, als die Jungs Weitsprung trainiert hatten und Nadja ihre Landungen wie ein bösartiger Sportreporter kommentiert hatte. »Ladies and Gentlemen, beobachten Sie hier, wie die sprichwörtliche Eleganz der Katze im Sprung bedauerlicherweise zu einer Landung führt, die eher an ein angreifendes Walross denken lässt. Erstaunlich, dass da nicht die Erde bebt!«

Diesmal fand Cats Blick Marc auf der Bahn. Seine ausgreifenden, rhythmischen Schritte hatten etwas Hypnotisches. Sie hätte problemlos einfach stehen bleiben und ihm zwei Stunden beim Laufen zusehen können, doch hinter ihr kamen schon die Raucherinnen heran, so sehr hatte sie getrödelt. Cat legte einen Zahn zu, um nicht unter den Letzten zu sein, die oben am Wald ankamen. Für die hatte die Sportlehrerin nämlich immer Sprüche, gegen die Nadjas richtiggehend nett waren.

Im Wald spürte Cat, wie das Rauschen der Blätter, die glitzernden Sonnenflecken auf dem Boden, der angenehme Wind und der Rhythmus ihrer Schritte ihr Herz beruhigten. Sie lief sich ihre Wut darüber, dass ihr Dad nicht zu ihrem Geburtstag kommen wollte, die Sorge um Nadjas Gesundheit und die Verwirrung wegen ihres Verhaltens einfach von der Seele. Mit jedem Schritt schien sie leichter zu werden, durchscheinender, bis sie sich wie einer der Sonnenstrahlen fühlte, die durch das Blätterdach fielen und den Wald in eine Zauberwelt aus Grün und Gold verwandelten.

An einer von Steinen eingefassten Quelle machten sie Pause, tranken und hielten die Unterarme in den eiskalten Wasserstrahl, um den Puls zu kühlen, wie die Lehrerin erklärte.

Viel zu schnell führten deren Schritte wieder zum Waldrand und zurück zur Schule. Einige der Schülerinnen maulten, weil die Zeit nicht mehr zum Duschen reichen würde, doch Cat war das eigentlich ganz recht, sie musste ja immerhin noch mit dem Fahrrad nach Hause.

Sie überlegte, noch auf Marc zu warten, bis ihr auffiel, dass die Jungs der Basketballmannschaft geschlossen nicht zurückgekommen waren. Vermutlich nutzten sie die Gelegenheit und liefen noch ein paar Bahnen extra, also fuhr sie direkt nach Hause.

Dort sprang sie zuerst unter die Dusche, schlang dann ein Handtuch wie einen Turban um ihre dicken, von der Nässe dunklen Locken, zog sich Shorts und Top über und ging in die Küche. Mum hatte Schupfnudeln und Apfelmus gekauft, die sie sich nur warm machen musste, und sie grinste, als sie sich Grannys Gesicht vorstellte. Apfelmus aus dem Supermarkt? Schupfnudeln aus der Packung? Granny Munroe hätte dazu sicherlich ein paar Takte zu sagen gehabt. Doch auch, wenn beides nicht so großartig schmeckte wie von der Großmutter gemacht, aß Cat mit großem Appetit.

Danach rief sie bei Nadja an, aber niemand ging ran, also setzte sie sich an ihre Hausaufgaben. Glücklicherweise hatte sie daran gedacht, Suleika um die Matheaufgaben aus den verpassten Stunden zu bitten, sonst hätte sie morgen vermutlich einen Anpfiff kassiert.

Als sie fertig war, ärgerte sie sich ein wenig über sich selbst, weil sie Marc nicht nach seiner Nummer gefragt hatte. Wenn sie wenigstens wüsste, wo genau er wohnte, dann hätte sie im Telefonbuch nachschauen können. So blieb ihr nur, morgen daran zu denken.

Cat nahm ihr Buch zur Hand, schenkte sich ein großes Glas Eistee ein und setzte sich noch ein wenig nach draußen. Schwer wie Honig fiel das Licht des frühen Abends in den kleinen Garten. Cat stellte Buch und Tee auf den Tisch, schnappte sich den Gartenschlauch und wässerte die Blumenbeete. Das weiche Licht glitzerte nun in tausenden kleinen Tröpfen und verwandelte ihr

Zuhause in ein Paradies, in dem sie sich anschließend niederließ, um zu lesen.

Die Schönheit der Natur um sie herum versetzte sie in den Wald, in dem Roland die Seinen lehrte, Revolverleute zu sein. Ob Shardik jeden Augenblick um die Ecke käme?

Das Telefon riss sie mit lautem Klingeln aus ihren Gedanken. Mum vermutlich, dachte sie, und rannte hinein.

»Hallo?«

»Hallo? Cat, bist du das? Hier ist Marc.«

»Oh, hi! Schön, dass du anrufst. Ich hab mich schon geärgert, dass ich dich nicht nach deiner Telefonnummer gefragt hab.« Sie lächelte.

Marc antwortete mit gehetzter Stimme: »Ich wünschte, ich hätte nur angerufen, um dir zu sagen, wie großartig ich dich finde, aber Cat … Cat, es ist etwas Schreckliches passiert.«

»Was? Um Himmels Willen, Marc, was ist denn los?«

»Meine Mutter ist Ärztin in der Klinik. Als sie eben nach Hause kam … Cat, Nadja ist im Krankenhaus.«

»Was? Warum denn? Was ist passiert?«

»Das weiß keiner so genau. Sie ist wohl einfach umgefallen und liegt jetzt auf der Intensivstation. Nadja liegt im Koma, Cat.«

Cat rutschte langsam an der Wand, an der sie Halt gesucht hatte, hinab, bis sie auf den kalten Granitfliesen saß. Nadja im Koma? Das konnte unmöglich wahr sein.

»Hör mal, Cat, meine Mutter hätte mir das eigentlich gar nicht erzählen dürfen, wegen ärztlicher Schweigepflicht und so. Aber Nadjas Mutter hat ihr gesagt, dass Nadja auf meine Schule geht und da dachte sie, dass wir uns bestimmt kennen, weil wir doch der gleiche Jahrgang sind. Und ich konnte dir das doch nicht *nicht* erzählen! Also hab ich das Telefonbuch gewälzt, Munroe ist ja jetzt kein häufiger Nachname.«

»Ja. Danke. Danke, Marc. Es ist gut, dass du mir das gesagt hast. Ich versuche, Silke anzurufen, Nadjas Mum.«

»Sehen wir uns morgen in der Schule?«

»Bestimmt. Wir haben zusammen Deutsch und Englisch.«

»Dann bis morgen, Cat. Es … es tut mir leid. Ich wünschte, ich könnte zu dir kommen, aber meine Mutter dreht mir den Hals rum, wenn ich jetzt noch mal losmache.«

»Versteh ich. Danke. Bis morgen, Marc.« Cat legte auf. Sie saß immer noch auf dem Boden. Jetzt zog sie die Knie an die Brust, schlang die Arme darum und weinte.

Es dauerte eine ganze Weile, bis sie sich wieder so weit im Griff hatte, dass sie das Telefon nehmen und Silke anrufen konnte, die aber auch jetzt nicht abnahm. Was vermutlich kein Wunder war, wenn ihre Tochter auf der Intensivstation lag. Nadja suchte das Telefonbuch, schlug die Nummer der Klinik nach, rief dort an und ließ sich mit der Intensivstation verbinden.

»Hallo? Ja, guten Abend. Mein Name ist Catherine Munroe, ich bin die beste Freundin einer ihrer Patientinnen. Bitte? Ja, ich weiß, dass sie mir keine Auskunft geben können. Ich wollte nur fragen, ob sie mir vielleicht die Mutter ans Telefon holen …«

»Name?«

»Was? Ach so. Nadja. Nadja Wagner.«

»Moment.«

»Ja, sicher, ich warte.«

Sie zwirbelte das Telefonkabel um ihre Finger und kaute auf der Unterlippe. Die Angst ballte eine knöcherne Faust um ihren Magen. Was dauerte denn da so lange? So groß konnte eine Intensivstation ja wohl nicht sein. Schließlich meldete die Schwester sich wieder, um ihr mitzuteilen, Frau Wagner sei nicht auf Station. Cat bedankte sich und legte auf.

Wenn Silke nicht bei Nadja war, wo mochte sie dann stecken? Wenn sie jetzt zum Haus der Wagners fuhr und nicht da wäre, wenn ihre eigene Mum anrief, stünde

Ärger ins Haus. Andererseits … wenn Nadja im Koma lag, war das ja wohl eindeutig ein Notfall. Sie könnte im Hotel anrufen, aber dann würde Mum sich vermutlich noch mehr Sorgen machen. Und auch, wenn es schon spät war, dunkel war es ja noch nicht. Es hatte gerade erst zu dämmern begonnen.

Cat lief in ihr Zimmer, zog eine Jeans und einen Kapuzenpulli über, packte ihren Schlüssel in die Bauchtasche und schwang sich aufs Rad.

Nadjas Haus lag still und dunkel da. Kein Auto in der Einfahrt, kein Licht, nirgends. Ob Silke Nadjas Vater schon informiert hatte? Auch wenn der sich sonst nie um seine Familie zu kümmern schien, war doch eine solche Katastrophe sicher ein Grund für ihn, nach Hause zu kommen.

Wo steckte Silke nur? Vielleicht war sie vorhin nur kurz von der Intensivstation in die Cafeteria gegangen, um sich einen Kaffee zu holen, und Cat hatte sie nur knapp verpasst. Die Klinik war nicht gerade um die Ecke, mit dem Rad wäre sie eine gute Dreiviertelstunde unterwegs. Selbst, wenn sie Silke nicht finden würde, wäre es stockdunkel, bis sie wieder daheim wäre.

Sie könnte natürlich flunkern, wenn Mum morgen anrief, und behaupten, sie hätte schon geschlafen … ach Mann, lügen war immer scheiße! Aber so ganz, ohne zu wissen, wie es Nadja ging, würde sie auch nicht schlafen können. Es war ein Notfall. Das würde Mum verstehen.

Mit einem mulmigen Gefühl im Magen wendete Cat ihr Rad und machte sich auf den Weg zur Klinik.

Als sie dort ankam, war die Besuchszeit lang vorbei. Ihr war auch klar, dass niemand ihr sagen würde, was mit Nadja los war, ihre einzige Chance war es, Silke zu finden. Es gelang ihr tatsächlich, durch das Foyer bis zu den Aufzügen zu gelangen, ohne dass sie jemand aufhielt. Die zwei Schwestern, die mit ihr nach oben fuhren, sahen sie zwar neugierig an, sagten aber nichts. Beide stiegen lange vor Cat aus, die allein mit dem Fahrstuhl bis in den elften Stock fuhr.

Dort befand sich direkt hinter den Fahrstuhltüren ein offener Raum, in dem mehrere Stühle an der Wand standen. Die Zugänge zu den Stationen, die überall sonst offen waren – das wusste sie, denn sie hatte selbst hier auf der Kinderstation gelegen, als ihr die Mandeln entfernt worden waren – waren hier durch große Milchglastüren verschlossen. An beiden Zugängen gab es eine Klingel.

Cat haderte eine Weile mit sich und verfluchte sich dafür, nicht auf dem Parkplatz nach Silkes Auto Ausschau gehalten zu haben. Doch dann nahm sie all ihren Mut zusammen und klingelte. Es dauerte nicht lange, bis die schwere Tür sich öffnete und eine ältere Schwester herausschaute.

»Ja?«

»Hallo. Mein Name ist Catherine Munroe, bitte entschuldigen Sie die Störung …«

»Du hast doch eben angerufen, oder?«, fiel die Frau ihr ins Wort. »Schwester Agnes« stand auf ihrem Namensschild.

»Ja, ich suche …«

»Die Mutter des armen Mädchens, ja. Sie ist nicht hier, Katrin.« Sie sprach Cats Namen sehr deutsch aus. »Sie hatte einen kleinen Zusammenbruch und einen sehr lauten Streit mit den Ärzten, und ist dann abgerauscht. Die arme Frau, es ist bestimmt hart, das eigene Kind so zu sehen.« Ihre Stimme klang weniger mitleidig als vielmehr deutlich verurteilend. Cat, die Silkes Wutausbrüche gut kannte, konnte sich lebhaft vorstellen, warum.

»Danke«, murmelte sie und wandte sich ab.

Schwester Agnes trat einen Schritt vor und legte ihr die Hand auf die Schulter. »Katrin … wir wissen noch nicht, was mit deiner Freundin nicht stimmt, aber ich verspreche dir, dass wir uns gut um sie kümmern.«

Cat schossen Tränen in die Augen. Sie nickte stumm und presste dann ein gequetschtes Danke heraus. Sie ertrug den mitleidigen Blick nicht, mit dem die Frau sie bedachte, bevor sie wieder in der geschlossenen Station verschwand.

Cat fuhr zurück ins Erdgeschoss und verließ das Krankenhaus. Dass jetzt jemandem auffiel, dass sie in ihrem Alter um diese Uhrzeit und ohne Eltern draußen nichts zu suchen hatte, fehlte ihr gerade noch.

Sie hatte keine Ahnung, was sie nun machen sollte. Eigentlich blieb ihr nichts anderes übrig, als nach Hause zu fahren. Vielleicht konnte Marc morgen seine Mutter dazu bringen, ihr etwas mehr zu verraten.

Zwischenzeitlich war es wirklich dunkel geworden. Cat graute es vor dem langen, bewaldeten Weg auf der schmalen Straße, auf der sie als Fahrradfahrerin jederzeit damit rechnen musste, von einem der hinauf- oder hinab rasenden Fahrzeuge erfasst zu werden. Kurz überlegte sie, das Rad auf dem Gehweg nach unten zu schieben, aber das würde ihren Heimweg deutlich verlängern. Und noch dazu konnte man ja nicht wissen, wer oder was in den Hecken neben dem Weg lauerte – dann doch lieber Fahrrad und Straße.

DER FEIND MEINES FEINDES

Cat gelang es, den Berg hinunter zu kommen, ohne auf der Motorhaube eines Autos zu landen. Da der Radweg am Fluss nicht beleuchtet und es mittlerweile wirklich dunkel geworden war, entschied sie sich für die Route durch die Stadt. Dummerweise war Freitag Abend eine Menge los auf den Straßen und kaum jemand rechnete um diese Uhrzeit noch mit Radfahrern, deshalb war die Fahrt sehr unentspannt.

Auch wenn es einen Umweg bedeutete, fuhr Cat durch die Innenstadt, denn die Straßen um den Markt herum waren verkehrsberuhigt und das erschien ihr sicherer. Sie war so sehr in ihre eigenen Gedanken vertieft, dass sie erst einmal daran vorbeifuhr. Es dauerte einen Augenblick, bis ihr Gehirn die Eindrücke – das Nummernschild, der alberne rosa Strohhut auf der Hutablage neben Mr. Beanyboy, dem schäbig geliebten Plüschdackel – verarbeitete. Keine Verwechslung möglich, das war Silkes Auto.

Cat legte eine Vollbremsung hin. Wenn Silkes Auto hier war, wo war sie dann? Es gab in direkter Umgebung mehrere Restaurants, aber Cat zweifelte daran, dass Silke schick essen ging, während Nadja im Krankenhaus lag.

Die Geschäfte hatten alle schon geschlossen, blieben die Kneipen. Könnte es sein, dass Silke sich aus schierer Verzweiflung in irgendeiner schäbigen Spelunke den Kopf wegdröhnte? Nein, das passte nicht zu ihr.

Cat sah sich um und ihr Blick fiel auf den Laden, vor dem Nadja gestern noch mit dem Dreifachen Lottchen billigen Wodka gekippt hatte. Ja, das konnte sein. Das Designer-Interieur mit Chrom und schwarzem Leder, die alten Filmplakate an den Wänden und überteuerte Drinks in schicken Gläsern, das passte wie die Faust aufs Auge zu Silkes Geschmack. Cat schloss ihr Rad an einer Straßenlaterne an und ging los.

Vor der Bar war einiges los, die kleinen, runden Blechtische waren alle komplett belegt, doch durch die große Glasfront konnte sie sehen, dass drinnen nur der Barkeeper hinter der Theke stand – und ein Barhocker in der Ecke besetzt war. Silke. Cat seufzte schwer, drängte sich zur Tür durch und ging hinein. Der Barkeeper sah auf.

»Hör mal, Kleines, nichts für ungut, aber um die Uhrzeit …«

»Ich bin wegen ihr hier«, fiel Cat ihm ins Wort und deutete auf Silke. Die kippte sich eine klare Flüssigkeit aus einem kleinen, schmucklosen Glas in den Mund und füllte direkt aus einer durchsichtigen, unbeschrifteten Flasche auf.

»Verschwinde, Cat.«

»Sicher nicht. Ich will wissen, was mit Nadja los ist.«

»Sie ist fort.«

»Was soll das heißen?«

Der nächste Schnaps. Das Glas sofort wieder aufgefüllt.

»Das soll heißen, dass sie weg ist. Fort. Gegangen. Dahin, wohin keiner von uns ihr folgen kann.«

»Aber sie ist doch nicht tot!«

»Ihr Körper nicht.« Der nächste Schnaps.

»Was meinen Sie damit?« Cat ging die paar Schritte bis zur Theke und griff nach Silkes Arm. Die schüttelte sie ab und kippte noch ein Glas.

»Niemand kann ihr mehr helfen.«

»Was soll das denn heißen? Was ist denn bloß passiert? Was ist mit Nadja?« Cats Stimme war immer lauter geworden. Der Barkeeper beobachtete die beiden argwöhnisch.

»Hör mal, Kleines, du solltest gar nicht hier sein.«

»Ich muss aber wissen, was los ist!«

Er griff nach der Flasche neben Silkes Glas. »Gute Frau, wenn das Kind zu Ihnen gehört …«

Silke schlug seine Hand weg. »Tut sie nicht. Die ist nicht mein Problem.«

Der Barkeeper machte noch einen Versuch, den Schnaps zurückzuerobern, doch Silke stand auf und schubste ihn fest. Er konnte sich gerade noch abfangen, um nicht mit dem Rücken in das gläserne Flaschenregal an der Wand zu fallen.

»Hören Sie mal!«, schimpfte er, doch Silke ignorierte ihn. Sie nahm die Flasche, warf einen Geldschein auf den Tisch, packte Cat am Oberarm und schob sie aus der Bar.

Während sie sich zwischen den Tischen hindurchzwängten, mussten sie an einem Mann vorbei, der auf die Tür zusteuerte. Als der nicht schnell genug aus dem Weg ging, rammte Silke ihm einen Ellbogen in die Magengrube und ging ungerührt weiter, Cat im Schlepptau.

Sie zerrte das Mädchen bis zu ihrem geparkten Auto, schloss es auf, stand dann neben der Fahrertür, in der einen Hand den Schlüssel, in der anderen die Schnapsflasche und fragte: »Kannst du fahren?«

Cat schüttelte den Kopf.

»Scheiße. Dann steig ein.«

Cat stieg ein. Silke klemmte sich hinters Steuer, die Schnapsflasche noch immer in der Hand. Sie nahm einen großen Schluck und rammte den Schlüssel in die Zündung.

»Silke, vielleicht sollten wir lieber ein Taxi …«

»Du kannst gern aussteigen, Zuckerpuppe!«

Genau das wollte Cat eben nicht. Sie wollte wissen, was zum Teufel hier los war.

»Sie haben getrunken, Silke, Sie sollten …«

»Entweder du hältst jetzt die Klappe und schnallst dich an, oder du kannst deinen Arsch aus meinem Auto schwingen.«

Seufzend schnallte Cat sich an. Silke startete den Wagen und parkte aus. Erstaunlich souverän, wenn man bedachte, dass sie dabei einen weiteren Schluck aus der Pulle nahm. Dann fuhr sie los und steuerte Richtung Autobahn.

Cat musste erst mal Speichel in ihrem völlig ausgetrockneten Mund sammeln, bevor sie etwas sagen konnte.

»Silke … Was ist denn jetzt mit Nadja?«

»Ich konnte nicht warten. Diese Punktion. Ich hatte solche Angst. Es hätte Leukämie sein können! Leukämie. Mein kleines Mädchen. Mein kleines, schönes Mädchen. So viel hab ich für sie aufgegeben. Den Reichtum, die Jugend, das ewige Leben … alles für sie. Mein kleines, schönes Mädchen. Sie wäre nicht mehr schön, wenn der

Krebs sie geholt hätte! Ohne ihre Haare. Sie liebt ihre Haare doch so. Ich konnte nicht warten. Ich konnte das nicht zulassen!«

Den letzten Satz schrie sie und schlug mit beiden Händen aufs Lenkrad. Der Wagen schlingerte. Cats Magen fuhr Achterbahn, sie schrie auf und griff nach dem Lenkrad, um das Auto in der Spur zu halten. Silke weinte, öffnete das Fenster und warf die Schnapsflasche hinaus. Sie schrie noch einmal, laut, zornig, dann kurbelte sie das Fenster wieder hoch und lenkte den Wagen Richtung Ausfahrt. Plötzlich war sie sehr still, fuhr konzentriert und sicher. Es dauerte nicht lange, bis Cat begriff, dass sie auf dem Weg nach Hause waren.

An Cats Haus angekommen, stieg Silke wie selbstverständlich aus und folgte Cat hinein und in die Küche. Beide setzten sich und schwiegen.

Als Silke zu erzählen anfing, sprach sie sehr leise.

»Ich war seit fast sechzig Jahren auf dieser Erde, als mein Partner starb. Jondar war sein Name und Marique der meine. Wir altern nicht wie Menschen. Wir sind auch nicht so treulos wie Menschen. Wenn der Partner eines Ka'rim'nar stirbt, stirbt auch der Verlassene.

Aber ich nicht. Ich wollte nicht. Jondar fehlte mir so sehr, es fühlte sich an, als hätte man mir mein Herz aus der Brust gerissen und sie mit Glassplittern gefüllt, aber ich wollte nicht loslassen. Die Welt war noch immer da, sie war nicht zum Stillstand gekommen. So viel gab es noch zu sehen, so viel zu lernen … ich konnte nicht loslassen.

Ich versteckte mich vor meinem Volk, legte meinen Namen ab und … wurde Mensch.

Ich zog durch die Welt und sah ihre Wunder, aber immer allein. Ich konnte mich den Menschen nicht nähern, zu groß wäre die Versuchung, ihren Funken zu nehmen, doch noch mehr musste ich mich vor den Ka'rim'nar hüten. Wenn sie mich erkannt hätten … Ich blieb nie lange an einem Ort, reiste, flatterte wie ein Schmetterling.

Irgendwann kam ich hierher, nach Deutschland.

Mein Verlangen war nicht mehr so stark wie einst, und ich begann, unter den Menschen zu leben. Wahrhaftig, nicht nur als Reisende. Während des Krieges arbeitete ich als Krankenschwester.«

»Während welches …?«

»Während des Zweiten Weltkriegs natürlich.« Silke sah Cat spöttisch an. »Ich blieb auch danach dabei. Natürlich musste ich die Krankenhäuser ständig wechseln, sonst wäre ja aufgefallen, dass ich nicht altere. Irgendwann war ich in einem Haus in Berlin.

Eine Frau kam zu uns, sehr jung. Ihre Kleidung war elegant und hochwertig und so geschickt geschnitten, dass man gar nicht sah, dass sie hochschwanger war. Sie sagte, sie brauche Hilfe, sie müsse dieses Kind jetzt bekommen, aber sie könne niemandem sagen, wie sie hieß, ihre Familie dürfe das nie erfahren.

Damals ging das noch nicht, weißt du? Babyklappen, anonyme Geburt, davon hatte man damals in Deutschland noch nicht gehört. Das fängt ja jetzt langsam erst an. Aufnehmen konnte ich sie also nicht. Ich führte sie in einen freien Bereitschaftsraum, brachte ihr Wasser und besorgte alles, was man für eine Geburt so braucht. Das ist gar nicht viel, ein bisschen warmes Wasser, Tücher, eine Schere und Garn. Sicherheitshalber holte ich auch ein Nähbesteck, aber das brauchten wir gar nicht. Sie entband wie eine Straßenkatze, schnell und problemlos.

Als die Nachgeburt draußen war, wusch sie sich, zog sich an, bedankte sich und verschwand. Und ich stand da, mit diesem quäkenden Bündel Mensch auf dem Arm. Was hätte ich machen sollen?

Ich hatte gegen die Regeln verstoßen, schon wieder. Diesmal gegen die der Menschen. Die Behörden hätten niemals zugelassen, dass ich das Kind behielt, also nahm ich die Kleine, verließ das Krankenhaus und die Stadt und fuhr los. Mit der Bahn.

Alles, was ich für die ersten paar Tage brauchte, hatte ich im Krankenhaus mitgehen lassen und im Zug stahl ich den Koffer einer Frau, die ungefähr meine Größe hatte. Ich fuhr bis Frankfurt und nahm mir dort ein Zimmer in einem sehr schicken Hotel. Eine Nacht konnte ich bar bezahlen, für mehr würden meine kargen Ersparnisse nicht reichen.

Dann fütterte und wickelte ich die Kleine, packte sie ins Bett und stöberte in dem geklauten Koffer. Zu meinem großen Glück hatte die Dame einen guten Geschmack – ich zog das schickste Kleid an, machte mich mit ihrem Make-up zurecht und ging in die Hotelbar. Es ist nicht schwer, Männer um den Finger zu wickeln, vor allem Menschenmänner, die einsam sind. Das Schwierigste daran war, einen ohne Ring zu finden.

Ich erspare dir das Drumherum, nur so viel: Wir heirateten drei Wochen später. Nadjas Geburtsurkunde stellte ein bestochener Standesbeamter aus. Frischvermählt und mit unserem Neugeborenen machten wir uns auf die Suche nach einem schönen Haus. Ich wollte so tief wie nur möglich in die Provinz, weg von den großen Straßen und Flughäfen, weit weg von allem.

Also kaufte er mir ein Haus hier, im Nirgendwo. Er arbeitet viel, meist in den Großstädten, um die ich einen Bogen mache, aber es stört ihn nicht, dass ich ihn nicht begleite. Ich konnte hier sein. Mit meinem Baby.«

Sie sah Cat an, zum ersten Mal, seit sie am Tisch saßen. Dann sprach sie weiter.

»Sie machte mich wieder heil, verstehst du? Sie füllte das Loch, das Jondar hinterlassen hatte. Ich hatte nicht das Bedürfnis, neue Funken zu jagen, obwohl das Altern einsetzte.

Irgendwann passiert das, auch ohne dass man die Murmel zerschlägt. Irgendwann ist die Kraft aufgebraucht. Natürlich altere ich immer noch nicht so schnell wie ein Mensch, Gott bewahre, aber ich muss zumindest auch niemandem erklären, warum ich mit Mitte zwanzig eine fünfzehnjährige Tochter habe.«

»Vierzehn.«

»Was?«

»Nadja ist vierzehn. Ihr Geburtstag ist erst im Dezember. Sie ist ziemlich genau ein halbes Jahr jünger als ich.«

»Ja, da hast du recht. Aber du verstehst, worauf es ankommt, nicht wahr? Wir haben hier gelebt. Wir waren glücklich. Und dann wurde mein kleines Mädchen krank. Nadja war so gut wie nie krank. Zum Glück, denn wir können nicht so gut mit Krankheiten, immerhin haben wir selbst nie welche. Aber in letzter Zeit … Nadja war dauernd müde. Schwach. Sie roch nicht mehr richtig.«

Cat musste ein Geräusch gemacht haben, denn Silke sah wieder auf und lachte ob Cats verwirrtem Gesichtsausdruck.

»Ja, wir riechen euch, egal mit wie viel Zeug ihr euch einsprüht. Wir sehen auch deutlich besser als ihr, sind schneller, stärker, klüger … Menschen sind schwach. Sie sind Beute. Aber Nadja war keine Beute. Nadja war mein. Ich konnte das Risiko nicht eingehen, sie zu verlieren. Also habe ich eine Murmel gemacht, aus Sand, Soda und Kalk.

Ich habe den geheiligten Weber-Grill von Nadjas Vater dafür benutzt – natürlich war er danach hinüber. Für solche Temperaturen sind die Dinger nicht gemacht. Aber ich hatte eine Murmel, braun wie ihr Haar und grün wie ihre Augen.

Als sie fertig war, habe ich sie in meine Hosentasche gesteckt. Ich wollte abwarten, bis das Ergebnis von dieser Knochenmarkspunktion da ist. Ich wollte sicher sein, dass es eine notwendige Entscheidung ist und keine aus Panik getroffene.

Aber dann wurde ich davon geweckt, dass Nadja im Schlaf geschrien hat. Nicht nur so ein bisschen, richtig gebrüllt vor Angst. Und geweint. Mitten in der Nacht hab ich sie im Schlafanzug ins Auto gepackt und bin mit ihr auf den Schwarzenberg gefahren. Oben auf dem Turm, um uns nur die Bäume und der Wind und über uns nur der Mond und die Sterne, hab ich ihr die Murmel gegeben und ihr gezeigt, was sie tun muss, um die menschliche Schwäche hinter sich zu lassen.

Und sie tat es. Mein kleines Mädchen hat seine Dämonen hinter sich gelassen. Sie bot dem Universum ihr Opfer dar, und das Universum hat sie geheilt. Es war schmerzhaft und stank, aber jede böse Zelle, die in ihrem Körper gelauert haben mochte, wurde vertrieben. Sie war frei. Und kein Mensch mehr.«

Silke stützte ihr Gesicht in beide Hände.

»Ich wollte sie retten«, schluchzte sie. »Dabei hab ich sie ins Verderben gestürzt.«

Cat wartete schweigend. Was Silke gesagt hatte, ergab für sie nur begrenzt Sinn: Ka'rim'nar, keine Menschen, Unsterblichkeit – und was bitte hatte es mit diesen seltsamen Murmeln auf sich? Es klang eher so, als hätte die Frau den Verstand verloren. Aber Granny Munroe sagte immer, »Es gibt mehr zwischen Himmel und Erde, als eure Schulweisheit sich erträumen lässt, Horatio« – irgendein Shakespeare-Zitat, denn Granny liebte Shakespeare – , also versuchte Cat, Silkes Erklärungen offen gegenüberzustehen, auch wenn das alles vollkommen wirr klang.

Sie wusste nicht, wie sie Silke hätte trösten sollen, wagte es nicht, sie zu berühren – zu gut erinnerte sie sich an den Hass in den Augen der älteren Frau – also stand sie auf und kochte einen Tee für sie beide. Als sie die Tasse mit der dampfenden Flüssigkeit vor sie auf den Tisch stellte, schniefte Silke.

»Danke.« Sie legte die Hände um die heiße Tasse und atmete tief durch. »Sie hätte unsterblich sein sollen. Sicher. Die ganze Welt hätte ihr zu Füßen liegen sollen. Ich wusste, dass ich sie vor den Ka'rim'nar verbergen musste. Es ist nicht erlaubt, den Menschen das Wunder der Murmeln zu offenbaren, geschweige denn, sie damit zu verbinden.

Aber ich lebe ja selbst schon so lange unter dem Radar meines ehemaligen Volkes, ich dachte, das kriegen wir schon hin. Ich konnte ja nicht ahnen …«

Wieder brach sich ein Schluchzen aus ihrer Kehle Bahn. Es klang mehr nach dem Brüllen einer zornigen Löwin als nach Trauer. Silke schüttelte sich. »Ich wusste nichts von diesem Feind. Ich habe so etwas noch nie gesehen. Ich kann es mir nicht erklären.«

Cat wartete, aber Silke schwieg. Sie nahm all ihren Mut zusammen und fragte: »Was ist denn nun genau geschehen?«

Silke schnaubte. »Ich weiß es nicht. Wenn jemand ihre Murmel zerschmettert hätte, so wie dein Dad, wäre alles wie vorher. Sie hatte ja erst zwei Funken genommen. Was immer dieser jemand mit der Murmel gemacht hat, es hat ihre Verbindung dazu zerstört. Ihr Körper ist getrennt von ihrem Geist. Ich habe so etwas noch nie gesehen. Ich wusste nicht, dass es möglich ist.«

Cats Kopf schoss hoch. »Mein Dad? Was hat denn mein Dad mit all dem zu tun?«

Silke lachte. »Er hat es dir wirklich nie erzählt, was? Und ich habe mich all die Jahre gefragt, was er damit bezweckt, seine Tochter mit meiner herum ziehen zu lassen. Es war eine immerwährende Drohung in meinem Rücken ... dabei hat er es womöglich gar nicht gewusst.« Ihr Lachen klang bitter. »Dein Dad hatte seine eigene Begegnung mit den Ka'rim'nar, vor vielen Jahren, als er noch ein Kind war.

Zwei Paare der Unseren waren in Streit geraten, eine Murmel war gestohlen worden. Durch einen unglücklichen Zufall landete die Murmel im Garten deines Vaters, durch einen noch viel dümmeren Zufall entdeckte er, dass sie etwas Besonderes war. Und weil dort, wo zwei Zufälle zusammengekommen sind, ein dritter nicht fehlen darf, lebte ganz in der Nähe deines Vaters eine Ausgestoßene der Ka'rim'nar.

Ihr Schicksal ist dem meinen gar nicht unähnlich … auch wenn sie sich entschieden hatte, ihre Murmel zu zerschlagen, um ganz und gar Mensch zu werden. Die Ka'rim'nar fanden sie, samt ihrem menschlichen Mann und ihrem menschlichen Sohn, und straften sie hart.

Als sie nach Galesburg kam, war sie verbittert und einsam, doch sie kannte die Wege ihres verlorenen Volkes. Mit ihrer Hilfe und der deiner Mutter, deiner Oma und der deines Onkels, gelang es deinem Vater, das Paar der Ka'rim'nar zu vernichten. Das andere Paar, das mit denen im Streit gelegen hatte, beschloss, es gut sein zu lassen und keine Rache zu üben.

Dein Vater kam mit seinem Verbrechen davon. Seine Tat wurde zur Legende, die sogar bis zu mir vordrang, die ich die Meinen hinter mir gelassen hatte. Als ausgerechnet du dich mit meinem kleinen Mädchen angefreundet hast, konnte ich diesen erneuten Zufall kaum fassen.

Unser Leben steht in den Sternen, Catherine Munroe. Wir alle sind Sternenstaub. Und meine Sterne scheinen einen sehr seltsamen Humor zu haben.«

Cat sah sie wie vom Donner gerührt an. Dad, Mum, Granny? Was zur Hölle? »Welcher Onkel? Und wer …?«

»Was weiß denn ich? Frag deinen Vater.« Silke stand auf. »Was auch immer meine Tochter geholt hat, es steht zu befürchten, dass es auch mich holen wird. Es wird Zeit für mich, zu verschwinden.«

Cat sprang ebenfalls auf. »Was? Das können Sie doch nicht machen! Wir müssen Nadja zurückholen!«

»Zurückholen? Hast du mir nicht zugehört? Ihre Murmel ist verschwunden, sie ist davon getrennt worden!«

»Dann müssen wir diese Murmel eben zurückholen, wenn es das ist, was Nadja wieder aufwachen lässt!«

»Wie denn? Von wem? Wir haben keine Ahnung, was passiert ist!«

»Dann müssen wir das herausfinden!«

Beide waren immer lauter geworden, bis sie sich, auf den Tisch gestützt, die Nasen nur noch wenige Zentimeter voneinander entfernt, wütend anbrüllten.

Cat atmete tief durch. »Wir müssen es zumindest versuchen. Das sind wir Nadja schuldig.«

»Dir ist klar, dass ich meine Existenz riskiere?«

»Sollte das nicht jede Mutter für ihre Tochter tun?«

Silke wich zurück, als hätte Cat ihr ins Gesicht geschlagen. In ihren Augen funkelte wieder der Hass.

»Was schlägst du vor?«

»Wir finden raus, was passiert ist. Und dann holen wir Nadjas Murmel zurück.«

VERBÜNDETE

Irgendwann war Silke nach Hause gefahren, um ein wenig zu schlafen. Cat hatte sich auch hingelegt, doch ihre Träume waren verworren und furchteinflößend, sodass sie viel zu früh wieder wach war. Sie packte ihre Sachen für die Schule und ging zu Silke, die auch schon auf war und ihr nach dem ersten Klingeln dir Tür öffnete.

»Guten Morgen.«

»Ich weiß nicht, was an dem Morgen gut sein soll«, knurrte Silke und nippte an ihrem Kaffee. »Komm rein.«

Cat trat ein und folgte Nadjas Mutter in die Küche. Sie setzten sich an die schicke Theke, die seitlich aus der Kochinsel heraus in den Raum ragte. Silke stellte ihr eine Tasse Kaffee hin und Cat, die Kaffee eigentlich eklig fand, nippte höflich.

Silke, die mit unfrisiertem Haar, ungeschminkt und im cremefarbenen Bademantel seltsam blass aussah, fragte: »Was schlägst du vor?«

»Wir versuchen, Nadjas Tagesablauf nachzuvollziehen. Vielleicht erfahren wir so, was mit ihr passiert ist.«

»Sie ist morgens ganz normal zur Schule gegangen und hat von dort aus angerufen, um mir zu sagen, dass sie mit Freundinnen in die Stadt gehen will.«

»Dort hab ich sie gesehen. Mit dem Dreifachen Lottchen, in der gleichen Bar, in der Sie gestern Abend auch waren. Die vier haben geraucht und Wodka mit Sprite getrunken.«

»Ich weiß. Dort hat sie von zweien der drei den Funken genommen.«

»Was heißt das?«

Silke sah sie spöttisch an. »Sie hat ihnen das entzogen, was sie als Menschen ausmacht. Ihren Funken. Die Fähigkeit, das Gute in der Welt zu sehen, das Licht, die Freude. Religiöse Menschen würden es vielleicht Seele nennen.« Sie lachte ob Cats entsetzter Mine. »So leben die Ka'rim'nar. Die Funken der Menschen halten uns jung und gesund. Das ist der Preis, den wir zahlen. Menschen sind Beute.«

Ihr Blick wurde sehr kalt. »Ich hätte ja erwartet, dass sie als Erstes deinen Funken nimmt. Ich frage mich, warum sie das nicht getan hat.«

Cat schauderte es. »Wie geht das? Den Funken nehmen?«

»Wir flüstern demjenigen ins Ohr. Zumindest sieht es für euch Menschen so aus. Ihr könntet gar nicht verstehen, was eigentlich passiert, weil euch dafür die Sinne fehlen. Ihr könnt sehen, wie wir den Funken in einem silbern glitzernden Strahl durch das Ohr in unseren Mund ziehen, wenn ihr genau darauf achtet, aber ihr könnt den Gesang des Funken nicht hören und sein Glitzern nicht spüren, blind und taub wie ihr seid. Ich glaube, die Prozedur ist für den Menschen nicht angenehm, aber sicher bin ich mir da nicht.«

»Charmant.«

»Beute. Machst du dir Gedanken darum, wie sich das Schwein gefühlt hat, dessen Schinken du frisst?«

»Das sind wir für Sie? Schinkenlieferanten?«

»Ich habe seit fast vierzig Jahren keinen Funken mehr genommen, Fräulein. Sieh mich nicht so angeekelt an.«

»Aber vorher …«

»Ja. Das ist, was mein Volk tut. Ist das richtig? Ist es denn richtig, Kühen ihre Babys wegzunehmen, damit ihr Milch für euren Kaffee habt? Die Natur ist grausam. Fressen und gefressen werden. Auch wenn ich verstehen kann, dass es bitter ist, zu erfahren, dass man doch nicht an der Spitze der Nahrungskette steht.«

Sie erhob sich und ging zu einer der Küchenschubladen, um sie zu durchwühlen. Dann schaltete sie das Licht ein und ließ die Rollläden in der Küche herunter.

Cat sah ihr alarmiert zu und überlegte, ob sie es schnell genug bis zur Tür schaffen würde. Silke schien ihr Unbehagen zu bemerken und grinste. »Keine Bange, ich werde ganz sicher nicht gerade jetzt rückfällig. Ich will dir etwas zeigen.«

Als der Raum verdunkelt war, entzündete sie auf dem Tresen direkt vor Cat die Kerze, die sie aus der Schublade geholt hatte und schaltete das Licht wieder aus. Sie setzte sich auf den Barhocker neben Cat, öffnete ihren Bademantel und wühlte in der Tasche ihrer Pyjamahose. Dann hielt sie die unscheinbare grüne Murmel hoch, die Cat vor vier Tagen im Esszimmer nebenan das erste Mal gesehen hatte.

»Schließ die Augen und halte die Hände davor«, befahl Silke. Cat gehorchte. Sie hörte, wie Silke scharf einatmete, bevor sie flüsterte: »Du kannst jetzt hinsehen.«

Cat schlug die Augen auf, schloss sie aber sofort wieder, um sie dann langsamer zu öffnen. Am liebsten hätte sie sich in den Arm gekniffen, um sicherzugehen, dass sie nicht träumte. Silkes cremefarbene Küchenfronten hatten sich verwandelt. Um die Kerze herum, über deren

Flamme Silke die Murmel hielt, ergoss sich ein Wirbel aus Farben und Lichtern. Helles Blau, durchzogen von cremeweißen Schwaden, ging über in ein leuchtendes Türkis, wie es schöner nicht an einem Karibikstrand hätte sein können, wurde dann immer grüner und dunkler, bis es in Orange und Rot überging. Alle Farben und alle leuchtenden Punkte waren in Bewegung.

Cat hatte in ihrem ganzen Leben noch nie etwas so Schönes gesehen – auch wenn in ihrem Hinterkopf etwas aufflammte. Eine Erinnerung. Sie hatte mit ihrer Mutter auf einer der Liegen im Mannheimer Planetarium gelegen und die Kuppel über ihnen hatte sich in ein Meer aus Farben und Licht verwandelt. »Der Krebsnebel«, flüsterte sie.

Silke lachte leise. »Sieht fast so aus, nicht wahr? Das sind die Funken von all jenen, die ich zu meiner Zeit geerntet habe. Und mein eigener, natürlich.«

Cat riss sich von der Schönheit los und sah sie entgeistert an. »Das ist, was Sie den Menschen stehlen?«

»Genau das, kleine Tochter von Billy Munroe. Wir alle sind Sternenstaub. Kalzium und Eisen und Phosphor und all die anderen bilden deinen Körper, und das Licht der Sterne bildet deinen Funken. Tanzende Galaxien kreisen durch das Universum wie die Gedanken durch deinen Kopf. Es ist alles miteinander verbunden, weißt du?

Es ist kein Zufall, dass der Funke aussieht wie die Nebel im Universum, die wiederum aussehen wie eine menschliche Iris. Es hat seinen Grund, dass eine Lunge verästelt ist wie die Krone eines Baums. Es gibt eine endliche Menge an allem in diesem Kreislauf, der unsere Erde ist. Wasser, Sauerstoff, Elemente – und Leben.

Nichts stirbt jemals wirklich, weißt du? Der Funke dieser Menschen bleibt bei mir, bis meine Zeit gekommen ist. Dann gebe ich sie frei, zusammen mit meinem eigenen, und neues Leben entsteht daraus. Natürlich ändert sich das Leben. Früher gab es so wenige von euch und so viel mehr von allem anderen. Heute gibt es viele von euch und nur noch wenige von uns, ganz zu schweigen von all den Tieren, die verloren gegangen sind.

Aber das Leben bleibt. Wir können es spüren, wenn wir uns konzentrieren. Aber Nadjas Leben, Nadjas Funke … er ist weg. Das darf eigentlich nicht sein.«

»Also können Sie auch die Funken von toten Leuten spüren, ja? Und wenn jemand von den Ka'rim'nar«, das fremde Wort hinterließ einen seltsamen Geschmack auf ihrer Zunge, »stirbt, dann fühlen Sie auch dessen Funken noch?«

»Ja, genau. Kein Funke kann aus dem Gespinst verschwinden, solange er sich noch darinnen befindet. Aber wie sollte Nadjas Murmel derart verschwinden? Es wird wohl kaum der Koboldkönig gekommen sein, um sie in eine andere Welt zu entführen.«

Cat schossen die Tränen in die Augen. Sie erinnerte sich daran, wie sie den Film gemeinsam mit Nadja das letzte Mal gesehen hatte, vor gar nicht allzu langer Zeit, und wie sie hier durch die Küche getanzt waren, Esslöffel als Mikrofon-Ersatz vor den Mündern, und David Bowies Song gesungen hatten. *Auch wenn die Welt zusammenfällt*, dachte sie, während eine der Tränen langsam über ihre Wange lief.

»Es gibt also nichts auf dieser Welt, das einen Funken derart verschwinden lassen kann?«, fragte sie leise.

»Nichts, von dem ich wüsste«, erwiderte Silke niedergeschlagen.

»Gibt es vielleicht jemanden, der mehr weiß?« Cat biss sich auf die Lippe. Die Frage war nicht respektlos gemeint, aber sie könnte so verstanden werden.

»Vielleicht einer von den wirklich alten Ka'rim'nar. Aber die kann ich schlecht fragen, wenn ich mich nicht ihrem Urteil unterwerfen will. Immerhin habe ich ihre Regeln gebrochen.«

»Sie sagten eben, meinem Vater hätte auch eine von Ihnen geholfen. Wissen Sie, wer das war?«

»Natürlich. Ihr Name ist allen meines Volkes bekannt. Jocelyn Wielder, fürderhin bekannt als Jocelyn Wielder-Jenkins, die die Regeln beschmutzt und sich mit den Menschen gemein gemacht hat und als Verräterin gelten soll für immerdar.« Sie leierte den Sermon herunter, als hätte sie ihn hunderttausend Mal gehört, doch Cat fuhr zusammen.

»Jocelyn Wielder-Jenkins? Mrs WJ? Echt jetzt?«

»Ja, natürlich. Kanntest du sie noch? Sie muss doch schon uralt gewesen sein, als dein Vater noch ein Kind war.«

»Was heißt *kanntest?* Klar kenn ich Mrs WJ! Wir telefonieren einmal im Monat. Sie fehlt mir entsetzlich, genau wie Granny und Dad.«

»Die alte Gewitterhexe lebt noch?« Silkes Überraschung schien echt zu sein.

»Na klar! Wir können sie anrufen und fragen.«

»Bist du sicher? Wird das nicht dazu führen, dass dein Vater angeschossen kommt wie eine giftige Silvesterrakete, um meine Murmel zu zerstören?«

»Warum sollte er das tun?«

»Was weiß denn ich. Er hat's ja schon mal gemacht.«

»Dann werde ich ihn bitten, das zu lassen.« Es war Cat ernst. Sie musste Nadja retten, und niemand, nicht einmal ihr Dad, würde ihr dabei in die Quere kommen. Sie sah auf die Uhr.

»Verdammt, schon halb neun. Die erste Stunde kann ich abhaken. Ich glaube, ich mache heute blau. Obwohl – wir können Mrs WJ frühestens heute Nachmittag anrufen. Jetzt ist es gerade mitten in der Nacht in Galesburg. Was halten Sie davon, wenn Sie ins Krankenhaus fahren und nach Nadja sehen und ich fahre in die Schule und versuche herauszufinden, was nach dem Kneipenbesuch der vier passiert ist?«

»Es ist die Hölle, neben ihrer leeren Hülle sitzen zu müssen. Ich kann das kaum ertragen.«

»Das glaube ich Ihnen. Aber wenn Sie im Krankenhaus gar nicht nach ihr sehen, könnte das jemandem auffallen. Was, wenn das Jugendamt sich einschaltet?«

Silke wurde blass. »Nadjas Vater würde mir den Hals umdrehen, wenn das Jugendamt bei uns auftauchen würde. Ich fahre ins Krankenhaus.«

»Gut, dann fahr ich jetzt zur Schule.«

»Gib mir zehn Minuten, dann fahre ich dich. Mit dem Auto bist du schneller als mit dem Bus.«

Kaum zwanzig Minuten später schlich Cat durch das stille Schulgebäude. Alle waren in ihren Klassen, bis zum nächsten Klingeln waren es noch gut zehn Minuten. Sie setzte sich neben der Tür zum Klassenzimmer auf den Boden und wartete dort – erst zur dritten Stunde zu erscheinen, würde vermutlich weniger Ärger geben, als zum Ende der Stunde reinzuplatzen. Sie wartete, bis der erste Schwung Schüler aus der Klasse gestürmt war und ging dann zum Pult. Madame Grill sah sie mit hochgezogener Augenbraue an und wartete auf eine Erklärung.

»Excusez moi, Mme Grill, je suis désolée. Mon ami, Nadja, elle est malade et elle est on hôpital.« Sie suchte verzweifelt nach den Vokabeln, gab aber schnell auf. »Ich war sie heute Morgen besuchen, ich konnte nicht warten. Wissen Sie, sie ist auf der Intensivstation und niemand weiß bisher, was mit ihr los ist. Ich hab mir solche Sorgen gemacht!«

Der strenge Blick der älteren Dame war weich geworden. »Mach dir keine Sorgen, ma chére. Ich bin sicher, es wird alles wieder in Ordnung kommen. Ich werde eintragen, dass du zu Beginn meiner Stunde gekommen bist, oui? Eine Fehlstunde weniger.« Sie lächelte, als Cat sie dankbar ansah. »Aber hol dir die Aufgaben von deinen Mitschülern! Ich erwarte am Dienstag hervorragende

Hausaufgaben von dir, d´accord?« Cat nickte eifrig, stellte ihren Rucksack an ihren Platz und eilte nach draußen. Sie musste das Dreifache Lottchen finden.

Auf dem Weg zur Raucherecke auf dem Metzgerei-Vorplatz kam ihr mit verheulten Augen Marie-Claire entgegen. Cat trat ihr in den Weg und griff nach ihrer Schulter. Marie-Claire wich zurück und sah sie böse an. »Was willst du denn von mir?«

Diese Betonung. Als sei Cat ein ekliger Kaugummi an ihrem Schuh. Cats Mitgefühl erlosch.

»Was ist gestern in der Stadt passiert?«, fragte sie.

»Was soll schon passiert sein? Wir waren unterwegs, mit dieser Nadja. Die hat sich ja an Charlotte rangewanzt, als gäb's kein Morgen mehr. Und dann sind wir nach Hause.«

»Alle vier? Gemeinsam?«

»Wie soll das denn gehen? Wir müssen doch in unterschiedliche Richtungen. Charlotte und Chantal sind mit dem Bus gefahren und ich mit dem Rad.«

»Und Nadja?«

»Die ist wohl mit den anderen zum Bus, aber vorher bei so 'nem Typen ins Auto eingestiegen. Keine Ahnung, da musst du die anderen fragen, ich war da schon weg.«

»Mach ich. Warum heulst du?«

»Weil Charlotte gerade … das geht dich ’nen Scheißdreck an, du Freak. Lass mich in Ruhe!« Marie-Claire schubste sie aus dem Weg und rannte zum Mädchenklo.

Cat, in deren Bauch sich Angst und Sorge zu einem sich windenden Schlangenball aus Zorn verknotet hatten, ging Richtung Zebrastreifen. Sollte die Pausenaufsicht doch versuchen, sie aufzuhalten!

Zu ihrem Glück war der Lehrer anderweitig beschäftigt. Cat rannte zur Metzgerei. Charlotte und Chantal standen im üblichen Kreis der Speichellecker, rauchten und schienen gerade ihr Mütchen an einem Typen aus der Parallelklasse zu kühlen. Cat schubste sich durch, zog den armen Kerl an den Schultern nach hinten und gab ihm einen Stoß Richtung Schule. »Abflug. Ich hab hier was zu klären.« Sie wandte sich um und sah in die Runde. »Verzieht euch. Alle. Sprechstunde ist vorbei.«

Charlotte griff nach ihren Haaren, zog sie daran zu sich und fauchte: »Was fällt dir eigentlich ein?«

Cat, die seit ihrer Grundschulzeit einmal im Jahr einen Selbstverteidigungskurs machte, ließ sich ziehen und nutzte den Schwung, um ihren Ellbogen kräftig in Charlottes Magengrube zu rammen. Während die sich vornüber krümmte und sich den Bauch hielt, fing Cat Chantals Faust, die auf ihr Gesicht zuschoss, in der Luft ab, zog fest an dem Arm und ließ das größere und schwerere Mädchen über ihren Rücken zu Boden rollen. Dann zischte sie: »Wollt ihr noch mehr oder reden wir jetzt?«

Die beiden Mädchen sahen sie hasserfüllt an, machten aber keine Anstalten, wieder in die Prügelei einsteigen zu wollen. »Was willst du?«, fragte Charlotte.

»Wissen, was gestern mit Nadja passiert ist.« Cats Stimme war sehr ruhig.

»Die will halt nix mehr mit einem Loser wie dir zu tun haben, Bitch!«, fauchte Chantal.

Cat sah sie ungerührt an. »Vielleicht interessiert sich ja die Polizei dafür, dass Nadja, kurz nachdem sie mit euch saufen war, im Krankenhaus gelandet ist? Gehört der Laden, in dem euch widerrechtlich Alk ausgeschenkt wurde, nicht zufällig deinem Dad, Chantal? Ob das Ordnungsamt das so geil findet?« Chantal wollte wieder auf sie losgehen, doch Charlotte hielt sie zurück.

»Was meinst du mit Krankenhaus? Was ist mit Nadja?«

»Sie liegt im Koma.«

»Was ist passiert?«

»Das versuche ich herauszufinden.«

Charlottes Blick war eiskalt und bar jeden Mitgefühls. Es interessierte sie einen Dreck, was mit Nadja war, aber sie hatte offensichtlich keinen Bock auf Ärger. Wenn die Gerüchte stimmten, war sie schon mal mit dem Jugendgericht aneinander gerasselt und nur der Einfluss ihres Vaters hatte sie aus der Nummer wieder ungeschoren rausgeholt. Vielleicht hatte Nadja ihr wirklich den Funken gestohlen, aber viel Unterschied machte das in Cats Augen nicht. Die Tussi war schon vorher scheiße gewesen.

»Was willst du wissen?«

»Nachdem ihr saufen wart, habt ihr euch getrennt, richtig? Marie-Claire ist mit dem Fahrrad los und ihr seid zu dritt zur Bushaltestelle.«

»Genau. Auf dem Weg dahin ist Nadja aber von so 'nem Typen angesprochen worden. Erst wollte sie ihn abwimmeln, aber dann hat er ihr irgendwas gezeigt, was sie total aufgeregt hat. Keine Ahnung, was das war.«

»Es hat geglitzert«, mischte Chantal sich ein. Als Charlotte ihr einen bösen Blick zuwarf, fügte sie verteidigend hinzu: »Es hat krass gefunkelt, als die Sonne darauf gefallen ist. Dann hat der Kerl es direkt wieder weggepackt. Aber Nadja war echt total aufgeregt.«

»Sie hat sich dann von uns verabschiedet und ist mit dem Typen zu seinem Auto«, fuhr Charlotte fort.

»Und ihr habt sie einfach so gehenlassen? Mit einem fremden Kerl?«, fragte Cat fassungslos.

»Bin ich ihre Mutter?«

Cat spürte, wie weiß glühende Wut in ihr hochschoss, und unterdrückte mühsam das Bedürfnis, Charlotte an den Hals zu gehen. Was für eine dämliche Ziege!

»Was war das für ein Auto? Habt ihr euch das Kennzeichen gemerkt? Wie sah der Typ aus?«, fragte sie beherrscht.

»Grasgrüner Kadett. Der eckige, nicht der coole. Das Kennzeichen war von hier, aber genau gemerkt hab ich's mir nicht. Der Typ war gar nicht mal so alt, vielleicht Mitte zwanzig, aber langweilig. Groß, schlaksig, Kassengestell auf der Nase. Blass, dunkle Haare, keine Pickel. Er hatte ein weißes Poloshirt und 'ne schlecht geschnittene Billigjeans an und ausgelatschte Adidas-Turnschuhe, die pupsig weißen mit den schwarzen Streifen, halbhoch. Kein Gespür für Mode, der Typ.«

»Sah ein bisschen aus wie Mathias Rust, nur mit kürzeren Haaren. Und total gruselig«, warf Chantal ein.

Charlotte sah sie schräg an. »Wer ist denn bitte Mathias Rust? Muss man von dem gehört haben?«

»Der Typ, der mit seinem Flugzeug in Moskau gelandet …«, begann Chantal, verstummte aber, als sie Charlottes Blick sah.

»Was meinst du mit gruselig?«, fragte Cat.

»Ich weiß nicht. Sein Blick war so starr und ...« Chantal stammelte. »Ich weiß ja auch nicht. Er hat sich ... leer angefühlt.«

Charlotte sah sie derart verächtlich an, dass Chantal erneut verstummte.

Cat bezweifelte, von den beiden Grazien auch nur noch eine hilfreiche Information bekommen zu können, presste ein »Danke« zwischen den Zähnen hervor und wandte sich ab, um zurück ins Schulgebäude zu gehen.

Gerade als sie im Foyer Silkes Nummer gewählt hatte, klingelte es zur nächsten Stunde. Silke hob nicht ab. Vermutlich war sie wirklich ins Krankenhaus gefahren. Als Cat aufhängte, um zur Klasse zu gehen, und sich umwandte, stand Marc vor ihr und grinste schief. Ihr Herz machte einen kleinen Hüpfer und ihre Wangen wurden warm.

»Hey du.«

»Hey.« Cat lächelte. Daraufhin erstrahlte auch Marcs Gesicht.

»Ich hab dich heute Morgen vermisst.« Cat ließ zu, dass Marc ihre Hand nahm und sie mit sich Richtung Klasse zog.

»Ich war bei Nadjas Mutter.«

Marc blieb stehen und sah sie besorgt an. »Und?«

»Nadjas Zustand ist unverändert. Es weiß wohl niemand genau, was mit ihr los ist. Silke – das ist Nadjas Mutter – macht sich große Sorgen.«

Cat hatte kurz darüber nachgedacht, Marc alles zu erzählen, den Gedanken aber nahezu sofort wieder verworfen. Das Letzte, was sie gerade brauchte, war, dass der süßeste Typ der Schule, der aus irgendwelchen seltsamen Gründen auf sie zu stehen schien, an ihrem Verstand zweifelte und sie für einen Freak hielt. Wie alle anderen. Sie gingen weiter.

»Verständlich. Ist ja auch echt krass, wenn jemand einfach so von jetzt auf gleich ins Koma fällt. Meine Mutter ist auch total verstört deswegen. Sie sagt, so was hat sie noch nie gesehen.«

»Was hat sie noch nie gesehen?«

»Nadjas Werte sind wohl total seltsam. Ihr EEG ist völlig anders, als das normalerweise bei Komapatienten der Fall ist. Ich hab nicht genau verstanden, was sie da erzählt hat, aber es ist wohl sehr ungewöhnlich.«

Cat dachte darüber nach. Konnte es sein, dass das sonderbare EEG daran lag, dass Nadja so vollständig von ihrem Funken getrennt war? Sie zweifelte Silkes Geschichte nicht mehr so sehr an wie noch heute Morgen, auch wenn es das Telefonat mit Mrs WJ brauchen würde, um sie vollends zu überzeugen.

Vor der Klasse beugte Marc sich zu ihr hinab und küsste sie sanft.

»Seh ich dich heute Mittag?«

Cat sah zu Boden. Marc zog sie in seinen Arm. »Weißt du, ich versteh das, wenn du keine Zeit hast. Ich erwarte nicht, dass ich innerhalb von zwei Tagen zum Mittelpunkt deiner Welt werde.«

Cat lachte. »Das dauert schon drei Tage, mindestens.« Dann wurde sie ernst. »Aber nein, wir sehen uns heute nicht. Ich darf Nadja auf der Intensivstation nicht besuchen, aber ich kann mich um ihre Mutter kümmern. Das werd ich auch machen.«

»Das verstehe ich. Außerdem«, er verfiel in eine lustige Jean-Pütz-Imitation, »hab ich da mal was vorbereitet.« Er zog sie mit sich in die Klasse an seinen Platz, kramte dort in seinem Mäppchen und drückte ihr einen Zettel in die Hand. »Meine Telefonnummer. Dann kannst du mich wenigstens anrufen, wenn du ein Quäntchen Zeit übrighast.«

Cat schloss die Arme um ihn und lächelte in sein Shirt, als er ihr einen Kuss auf den Scheitel drückte. Als sie von ihm abließ, um an ihren Platz zu gehen, sah sie Marie-Claires hasserfüllten Blick und zuckte zusammen.

Marc sah sich um und drehte sich dann so, dass sein Körper sie abschirmte. »Ignorier sie. Ich bin ihr egal. Es kotzt sie nur an, dass jemand anderes mit etwas spielt, was sie für ihrs hält.«

Cat straffte den Rücken und küsste ihn vor der versammelten Klasse auf den Mund. Einige der Jungs johlten. Dann ging sie erhobenen Hauptes und ohne Marie-Claire anzusehen, zu ihrem Platz.

Nach dem Unterricht – Samstags hatten sie zum Glück nur sechs Stunden – verabschiedete sich Cat liebevoll von Marc, bevor sie in den Bus nach Hause stieg. Kaum, dass sie zuhause angekommen war, klingelte auch schon das Telefon.

»Cat? Wo warst du denn die ganze Zeit?« Ihre Mutter klang besorgt.

»Ich war bei Nadja und Silke. Mum«, sie atmete tief durch, »Mum, es ist etwas Schlimmes passiert. Nadja ist ins Koma gefallen, und niemand weiß wieso. Silke ist außer sich vor Sorge. Sie ist jetzt gerade im Krankenhaus, kommt aber nachher nach Hause, dann gehe ich rüber. Weil ich Nadja auf der Intensivstation nicht besuchen darf, weißt du? Sie sagt mir dann, was die Ärzte gesagt haben.«

»Oh Honey, das ist ja schrecklich! Soll ich nach Hause kommen?«

»Mach dir keinen Stress. Du kannst ja doch nichts tun. Bring deine Konferenz zu Ende, aber sei mir bitte nicht böse, wenn ich nicht nach Mannheim komme. Ich will jetzt für Nadja da sein.«

»Aber natürlich! Wie könnte ich dir da böse sein? Das Planetarium wartet auf uns. Und ich komme nach dem letzten Vortrag morgen Vormittag direkt nach Hause, ja?«

»Ja. Danke, Mum.« Cat fiel noch etwas ein. »Mum … wenn wir im Planetarium sind und die Bilder sehen, siehst du immer so traurig aus. Warum macht die Schönheit des Universums dich so traurig?«

Ihre Mutter lachte überrascht, antwortete dann aber sehr ernst: »Traurig ist nicht das richtige Wort, Honey. Es ist keine Trauer, eher Melancholie. Weißt du, wir alle sind nur Sternenstaub.«

Cat zuckte zusammen, ihre Arme überzogen sich mit Gänsehaut und ihr Magen machte eine Welle. Ihre

Mutter sagte sanft: »Bis morgen, Honey. I love you to the moon and back.«

»To the moon and back, Mum. Bis morgen.«

Cat hängte auf und ließ sich, wo sie stand, auf den Hintern fallen. Die Fliesen waren kalt. *Wir sind alle nur Sternenstaub.*

Das konnte unmöglich ein Zufall sein. Sie brauchte einen Moment, um sich zu sammeln, dann rappelte sie sich auf, schrieb Mrs WJs Nummer aus Mums Adressbuch auf einen Zettel und machte sich auf den Weg zu Silke.

Das Auto stand schon in der Einfahrt. Wie zu erwarten gewesen war, hatte Silke es im Krankenhaus nicht sehr lange ausgehalten.

Im Gegensatz zu dem altmodischen Telefon mit Kabel und Wählscheibe, das bei Cat daheim auf dem kleinen Abstelltisch im Flur neben dem Aufgang zur Treppe stand, hatte Familie Wagner ein modernes schnurloses Telefon. Das Gerät lag schon auf dem Küchentresen und wartete auf Cat – ob Silkes Geschichte nun wahr war oder nicht, sie selbst glaubte jedenfalls daran.

Cat setzte sich auf einen der gepolsterten Barhocker, kramte ihren Zettel aus der Tasche und tippte die lange Nummernfolge ein. Plötzlich fiel ihr etwas ein und sie hielt inne.

»Das wird ganz schön teuer, so ein Ferngespräch am helllichten Tag«, sagte sie. Mum achtete immer darauf, dass Cat erst nach 18:00 Uhr nach Amerika telefonierte, Samstag sogar erst nach 22:00 Uhr, weil es dann so viel günstiger war. Silke lachte.

»Glaub mir, Kleine, meine Telefongebühren sind gerade meine geringste Sorge. Mach schon!«

Cat tippte die letzten Ziffern ein, drückte auf den grünen Knopf und wartete darauf, dass die Verbindung sich aufbaute.

»Wielder-Jenkins?« Die Stimme klang misstrauisch und besorgt. Verdammt ja, eine fremde deutsche Nummer, das musste ihr ja Sorgen machen! Cat beeilte sich, die zu zerstreuen.

»Mrs WJ? It's me, Cat! So glad to hear you.«

»Cat? Do you have a new number?« Es tat so gut, Mrs WJs breiten Südstaatenslang zu hören, den auch all die vielen Jahre in Kansas nicht hatten verwaschen können.

»Nein. Ich rufe von einer Freundin aus an. Mrs WJ, ich brauche Ihren Rat. Aber ich muss ein bisschen ausholen. Ist das okay?« Cat warf unauffällig einen Blick auf Silke. Sie wusste nicht, ob die Mutter ihrer Freundin Englisch sprach, aber es schien so – sie wirkte nicht wie jemand, der nicht verstand, was vorging. Also musste sie auf ihre Worte achten.

Cat begann mit Nadjas Krankheit und der Sorge um sie. Sie erzählte von dem Abend hier in diesem Haus und ließ nichts aus. Mrs WJ gab keinen Ton von sich, noch nicht einmal, als sie die Murmel erwähnte. Doch als sie zu der Stelle kam, an der Silke eine Murmel für Nadja anfertigte, schien die alte Dame den Atem anzuhalten.

»Sie hat doch nicht …«

»Doch. Sie hat.« Cat fuhr fort, erzählte davon, wie seltsam Nadja am nächsten Morgen in der Schule gewesen war und wie sie sie mittags in der Stadt gesehen hatte. Sie ließ auch nicht aus, dass Nadja zweien der Mädchen den Funken gestohlen hatte, konnte sich aber den Seitenhieb, dass das an deren Niedertracht auch nichts änderte, nicht verkneifen. Mrs WJ wies sie nicht zurecht, und das war wirklich gruselig.

Cat gestand sich ein, dass irgendwo tief in ihrem Inneren immer noch die Hoffnung lebte, Mrs WJ würde sie beruhigen und ihr raten, Silke zu einem Arzt zu bringen, weil der Kummer sie um den Verstand gebracht hatte. Doch je länger Mrs WJ wortlos zuhörte, desto mehr wuchs Cats Sorge, dass das nicht geschehen würde.

»Silke sagt, Nadja sei von allem, was in ihrer Murmel ist, abgetrennt, so als ob die Murmel das …« Sie wandte sich an Silke und fragte auf Deutsch: »Wie haben Sie das genannt?«

»Gespinst. The woven net.«

»… als ob die Murmel das Gespinst verlassen hätte. Silke sagt, sie hätte so etwas noch nie gesehen.«

Sie erzählte von den Beobachtungen der Tussenclique, vom grünen Kadett und dem Typen, der aussah wie Mathias Rust mit kürzeren Haaren. Auch Chantals seltsame Bemerkung, dass der Kerl sich leer angefühlt hätte, erwähnte sie.

Dann herrschte Stille.

»Mrs WJ?« Cats Stimme klang sehr zaghaft. »Was sagen Sie dazu?«

»Ich möchte, dass du mir jetzt sehr genau zuhörst, Catherine Munroe. Du verlässt jetzt dieses Haus, auf der Stelle. Dann gehst du nach Hause und verschließt sämtliche Türen und Fenster. Du wirst deine Mutter anrufen und ihr sagen, dass sie sofort nach Hause kommen soll. Sag ihr, du hast eine Murmel gefunden. Eine *jener* Murmeln. Sie wird so schnell wie möglich da sein, glaub mir.«

»Aber Mrs WJ …«

»Nein. Was diese Frau dir erzählt hat, ist wahr. Es gibt die Ka'rim'nar. Sie stehlen die Funken der Menschen. Lass sie nicht zu nah an dich heran!«

»Mrs WJ ...«

»Catherine! Tu, was ich dir gesagt habe!« Cat zuckte zusammen. Sie spürte, wie sich Tränen in ihren Augen sammelten, aber sie drückte ihren Rücken durch.

»Nein.«

»Was? Cat, jetzt ist nicht die Zeit für pubertäre Machtspiel ...«

»Das hat mit Machtspielchen nichts zu tun. Nein, Mrs WJ, lassen Sie mich ausreden. Silke hätte in den letzten Jahren mehr als genug Gelegenheiten gehabt, mir meinen Funken wegzunehmen. Hat sie nie getan. Und auch sonst keine Funken. Von niemandem. Und Nadja braucht meine Hilfe.« Cat schniefte. »Und ich brauche Ihre, Mrs WJ. Keine Predigt. Keine Anweisungen. Ich brauche Rat.«

»Mach dich vom Acker und sieh nie wieder zurück.«

»Du hast keinen Tropfen feiges Blut in dir, Catherine Jocelyn Victoria Munroe«, zitierte sie, was Mrs WJ schon so oft zu ihr gesagt hatte. *»Tu, was du tun musst, dann hast du dir selbst nie etwas vorzuwerfen.«*

Mrs WJs Stimme zitterte, als sie antwortete. »Als ich das gesagt habe, hatte ich auch nicht erwartet, dass du dich mit Monstern herumschlagen musst!«

»Silke sagt, Sie waren selbst mal ein Teil der Ka'rim'nar.«

»Deshalb weiß ich ja, dass sie Monster sind.« Sie lachte bitter. »Sie hat recht, wir sind uns gar nicht mal so unähnlich. Auch ich habe meinen Partner verloren und beschlossen, weiterzumachen. Ich trieb alleine durch die Welt, einsam und verloren, bis ich Mr Jenkins traf. Er machte mich zum Menschen, wahrhaftig, denn mit ihm zusammen zerschlug ich meine Murmel. Wir waren glücklich, bis die Ka'rim'nar uns fanden.

Danach war ich wieder allein. Ich lebte abgeschieden in einem kleinen Haus, fernab der menschlichen Gesellschaft. Die alte, verbitterte Hexe, der Kinderschreck. Das blieb ich, bis dein Vater die Murmel fand. Die Gefahr, in der er schwebte, lockte mich aus meiner Isolation.«

»Zum Glück! Ich hätte Sie arg vermisst, wenn Sie nicht da gewesen wären!«

»Catherine, du bist in großer Gefahr. Kann ich dich irgendwie davon überzeugen, die Finger von diesem Abenteuer zu lassen?«

»Nein, Mrs WJ. Ich muss herausfinden, was dieser Typ mit Nadjas Murmel gemacht hat.«

»Ich befürchte, das weiß ich.«

»Was?« Cat schrie fast.

»Sei still und hör zu. Es gibt eine Legende der Ka'rim'nar, die davon erzählt, dass vor endlosen Jahren, als wir noch viele waren und die Menschen noch wenige, ein Stern vom Himmel fiel und Verderben mit sich brachte. Es heißt, dass das, was in jenem Stern war, sich ein Gefäß suchte unter den Menschen und dann Jagd auf die Ka'rim'nar machte.

Du hast ja eben erzählt, dass diese Silke dir erklärt hat, dass es nur eine begrenzte Menge an Leben im Gespinst gibt. Die Leere – die Ka'rim'nar nennen sie Ka'rim'char, den Tod des Ka – hat diese Menge an Leben verringert, indem sie Jagd auf die Unseren machte.

Der Ka'rim'char nimmt dic Murmcln und frisst sie, und damit gehen die Funken, die in der Murmel waren, verloren. Es heißt, dass die Menschheit nur deshalb so übermächtig werden konnte, weil die Leere die Ka'rim'nar so dezimiert hat.«

»Aber … kann man die Funken retten? Bevor sie sie … verdaut hat?«

»Der Legende nach ja. Es heißt, es war eine Gruppe von Menschen und Ka'rim'nar, die die Leere überwältigte und vernichtete, bevor sie alles Leben von dieser Erde tilgen konnte. Das soll sie nämlich vorhaben, weißt du? Aber ich glaube, das ist übertrieben.«

»Und wenn nicht? Wir müssen sie auf jeden Fall aufhalten!«

»Cat … aus dieser Gruppe hat niemand überlebt.«

Cat schluckte. »Wenn diese Leere alles Leben von der Erde tilgt, überlebt auch niemand. Sagt die Legende auch, wie die das damals gemacht haben?«

»Nein. Aber ich werde mal sehen, ob ich mehr herausfinden kann.«

»Danke, Mrs WJ. Ich rufe einfach morgen noch mal an, okay?«

»Lass das lieber. Ich werde wahrscheinlich ein bisschen rumfahren müssen. Ich melde mich bei dir. Und Cat?«

»Ja?«

»Pass bloß auf dich auf!«

»Versprochen. Danke, Mrs WJ!«

KENNE DEINEN FEIND

Cat fasste für Silke zusammen, was Mrs WJ ihr erzählt hatte. Silkes Gesicht verzerrte sich vor Zorn.

»Dieser Bastard denkt, er könne mein kleines Mädchen fressen? Dem werd ich's zeigen! Können wir die Murmeln nicht einfach aus seinem Bauch herausschneiden?«

»Ich glaube, ganz so Rotkäppchen-mäßig funktioniert das nicht. Mrs WJ forscht da noch nach, vielleicht kann sie's uns dann genauer sagen.«

»Ich werde versuchen, Kontakt zu den hiesigen Ka'rim'nar aufzunehmen. Vielleicht lassen sie mich ausreden, bevor sie mich umbringen.«

»Und dann müssen wir diesen Typen finden. Das wird vermutlich ganz schön schwierig.«

»Nein, ich glaube, das ist gar nicht so schwer. Ich spiele sonntags immer Canasta. Birgit, die mitspielt, ist Versicherungsmaklerin. Und ihr Mann ist Polizist. Wenn sie die Karre nicht über die Versicherung finden kann, dann schafft er es sicher.«

»Fällt das nicht unter Datenschutz?«

»Ich bitte dich. Eine Hand wäscht die andere. Diesen kleinen Gefallen wird Birgit mir bestimmt gerne tun.«

»Okay. Was mache ich?«

»Bitte?«

»Was mache ich? Mrs WJ fährt rum, Sie fordern Gefallen ein und riskieren Ihr Leben, was soll ich tun?«

»Geh nach Hause und mach deine Hausaufgaben.«

»Ja, super. Jetzt fühl ich mich total nützlich.«

»Es geht gerade nicht um deine zarten Gefühle, Cat. Es geht um das Leben meiner Tochter.«

Cat ließ den Kopf hängen. Silke hatte natürlich recht, aber sie wollte nicht einfach nur daheim sitzen und warten, bis andere Nadja gerettet hatten. Trotzdem nickte sie.

»Gut. Ich fahre in die Stadtbibliothek, vielleicht finde ich da ja irgendwas.«

»Das ist eine gute Idee, mach das. Wir telefonieren heute Abend um sieben, okay? Ach, und ich hab dein Fahrrad wieder abgeholt, es steht in der Garage.«

Cat verließ Silkes Haus und fuhr nach Hause. Dort stellte sie nur kurz ihren Rucksack in den Windfang hinter der Haustür, schloss dann wieder ab, schnappte sich ihr

Fahrrad und machte sich auf den Weg in die Stadt. Sie hatte Glück, hinter dem Empfangstresen der Bibliothek saß heute Frau Becker, die eine Schwäche für wissbegierige Teenager hatte. Cat ging zu ihr und bat sie um Hilfe.

»Okay, und was suchst du genau?«

»Alle Mythen und Legenden, die sich mit etwas beschäftigen, das ‚die Leere' genannt wird.«

»Da wirst du eine Weile beschäftigt sein. Die meisten Schöpfungsmythen beginnen mit Leere.«

»Dann klammern wir die Schöpfungsmythen aus. Die Leere kam erst, als es die Welt schon gab.«

»Dann verpasst du ja die großartige Geschichte von Mawu, der in der Leere träumt, was einmal sein wird. Und erst, als er alles geträumt hat, was jemals sein würde, erwacht er, rollt die Leere zwischen seinen Händen und haucht der entstehenden Schlange Leben und Farbe ein. Gemeinsam mit der Regenbogenschlange erschafft er dann die Welt und alles, was kreucht und fleucht. Einer der schönsten Schöpfungsmythen, die ich kenne.« Frau Becker lächelte versonnen.

»Gibt es denn was, das nichts mit Schöpfung zu tun hat?«

»Das ist schon ein sehr spezieller Wunsch. Lass uns mal schauen, wo du da suchen könntest.«

Einige Zeit später ließ Frau Becker Cat an einem Tisch zwischen zwei hohen Bücherstapeln zurück. Cat seufzte, schnappte sich den ersten Wälzer, und genoss den Duft nach altem Buch, der aus den Seiten aufstieg.

Drei Stunden später rauchte ihr der Kopf, aber gefunden hatte sie noch nichts. Sie ließ die Bücher kurz zurück, ging zur Toilette, füllte dort ihre Wasserflasche auf und ging pinkeln. Nachdem sie sich die Hände gewaschen hatte, warf sie sich ein paarmal Wasser ins Gesicht, bis sie sich wieder einigermaßen frisch fühlte.

Als sie zurück zu ihrem Tisch kam, saß dort ein junger Mann, vielleicht zwei, drei Jahre älter als sie, und blätterte in ihren Büchern. Sie trat an den Tisch und sagte bemüht höflich: »Bitte entschuldige, aber würde es dir etwas ausmachen, meine Recherche nicht durcheinanderzubringen?«

Er sah auf und schnippte mit zwei Fingern eine widerspenstige Haarsträhne aus den blitzeblauen Augen. Himmel, der Typ sah ja aus wie Westley! Sogar die Frisur passte. Nur der alberne Schnurrbart fehlte. Er grinste, stand auf und sagte mit weicher Stimme: »Wie Ihr wünscht.«

Cat lachte auf, schlug sich dann aber die Hände vor den Mund, als ihr einfiel, dass sie in der Bibliothek war.

Sie setzte sich zwischen ihre Bücherstapel, während der Typ sich neben ihr im Schneidersitz auf den Boden sinken ließ. Sie sah ihn neugierig an.

»Wer bist du? Was willst du von mir?«

»Mein Name ist Tarek. Ich bin hier, um dir bei deiner Suche zu helfen.«

Misstrauen keimte in Cat auf. Nur, weil der Typ aussah wie das Milchbrötchen aus *The Princess Bride*, hieß das nicht, dass er harmlos war.

»Warum?«

»Weil auch wir unter der Leere leiden.«

»Wer ist wir?«

»Wir, die Ka'rim'nar.«

Verdammt. Mrs WJs Stimme hallte in Cats Kopf wider: *Du bist in großer Gefahr, Catherine Munroe.* »Und jetzt sollte ich wohl schreiend wegrennen, was?«

»Ich glaube, wenn du hier schreiend durchrennst, kriegst du Ärger mit Frau Becker.«

»Du kennst die Bibliothekarin?«

»Selbstverständlich. Ich studiere hier an der Uni, weißt du?«

Cat sah ihn ebenso verwirrt wie empört an.

»Du studierst? Hier, an der Uni? Was genau? Vampirismus?«

Tarek kicherte vergnügt. »Hör mal, ich bin kein Monster.«

»Du ernährst dich von den Funken hilfloser Menschen.«

»Und die ernähren sich vom Fleisch hilfloser kleiner Schweinchen.«

»Der Vergleich macht's echt nicht besser«, fauchte Cat genervt.

»Hör mal, können wir uns vielleicht draußen streiten? Ich hab echt keinen Bock auf Stress hier.«

»Ich bin noch nicht fertig.«

»Wirst du so auch nicht werden. Du hast die falschen Bücher.«

»Was?«

Er griff nach ihrer Hand und zog sie hoch. »Lass uns erst mal ein Eis essen. Wir müssen reden.« Cat folgte ihm verdattert, entzog ihm aber ihre Hand. Als sie am Empfang vorbeikamen, grinste Tarek Frau Becker an und sagte: »Beste Bibliothekarin Becker, ich nehme meine kleine Cousine mit auf ein Eis und schwöre hoch und heilig, dass wir nachher zurückkommen und die Bücher zurückbringen. Darf sie den Tisch so lange belagern?«

Frau Becker lachte freundlich. »Ihr seid Cousins? Wie schön! Sicher, Cat, lass alles liegen. Ist ja heute nicht viel los. Bis nachher.«

Direkt um die Ecke der Stadtbibliothek war das Eiscafé, in dem Cat sich mit Marc getroffen hatte. Natürlich steuerte Tarek genau darauf zu. Wie selbstverständlich wollte er hineingehen, vermutlich, um einen Tisch im schönen Innenhof zu ergattern, doch Cat hielt ihn auf.

»Lass uns hier draußen sitzen, ja?«

»Auf dem Präsentierteller? Aber der Innenhof ist echt schön!«

»Ich weiß. Aber ich würd lieber hier draußen sitzen.«

Tarek zuckte die Achseln, wandte sich zur Außenbestuhlung um und steuerte auf einen freien Tisch zu. Er rückte Cat den Stuhl zurecht, bevor er sich selbst setzte. Als sie zu dem Sturm von Fragen ansetzte, die in ihrem Kopf tobten, schnitt er ihr mit einer Handbewegung das Wort ab.

»Lass uns erst mal bestellen.«

Cat orderte einen Milchshake, Tarek einen riesigen Becher mit viel Obst und Schokolade. Erst, als der Kellner beides gebracht hatte, beugte er sich in ihre Richtung über den Tisch und begann, indem er nach jedem dritten Wort einen Löffel Eis in sich hinein schaufelte, zu erklären: »Ich bin einer der Ka'rim'nar. Meine Partnerin, Tasha, ist der Leere zum Opfer gefallen. Ich habe also sehr persönliche Gründe, dir bei deiner Suche zu helfen.«

»Ich wurde ziemlich oft vor euch gewarnt.«

»Zu Recht. Normalerweise würde ich mir einen Spaß daraus machen, dich um den Finger zu wickeln und dann deinen Funken zu nehmen.«

»Charmant.«

»Wir sind, was wir sind. Bist du deinen Katzen böse, wenn sie mit den gefangenen Mäusen spielen?«

»Woher …«

»Wir beobachten dich schon lange, Catherine Munroe. Das Verbrechen deines Vaters ist nicht vergessen worden.«

Cat wurde blass. Tarek lachte, ein herzliches, offenes, warmes Lachen. Ein Monster sollte nicht so lachen können.

»Jetzt mach dir mal keinen Kopf. Gerade im Moment haben wir dringendere Probleme als alte Rache, ja? Wir müssen die Leere aufhalten.«

»Wir?«

»Ja, wir. In den Legenden heißt es, dass keins der Völker allein dazu in der Lage war. Sie mussten zusammenarbeiten.«

»Also die Menschen und die Ka'rim'nar?«

»Ja. Es heißt, es hätte auch ein drittes Volk gegeben, aber ich glaube, das fällt unter Märchen für Kinder.«

»Also braucht ihr uns?«

»Genau, wie ihr uns braucht.«

»Ein Waffenstillstand also?«

»Was meinst du?«

»Niemand von euch bedroht mich, meine Familie, meine Freunde oder meine Katzen. Ihr nehmt keine Funken, verletzt niemanden und tötet auch nicht, bis dieses Problem erledigt ist. Und wenn ich – oder jemand anderes aus meinem Umfeld – daran beteiligt ist, das Problem zu lösen, lasst ihr uns weiterhin in Ruhe. Für immer.«

Etwas in seinem Blick ließ sie vermuten, dass sie gerade in seiner Achtung gestiegen war. *Stand your ground, Cat,* dachte sie. Er grinste.

»Okay. Niemand von uns bedroht dich, deine Familie, deine Freunde oder deine Katzen. Wir nehmen von keinem von euch den Funken, verletzen euch nicht und töten euch nicht, bis dieses Problem erledigt ist. Und wenn du oder einer der deinen maßgeblich daran beteiligt sind, das Problem zu lösen, lassen wir euch für immer in Ruhe.«

Cat, der die Einschränkung in seinen Worten durchaus aufgefallen war, nickte. Sie streckte ihm die Hand entgegen und er schlug ein.

»Cat?«

Cat drehte sich herum, Tareks Hand immer noch in der ihren, und sah Marc vor sich stehen, der sie verwirrt und verletzt ansah.

»Hi Marc«, sagte sie bedröppelt und überlegte, wie sie ihm erklären sollte, was gerade passierte, doch Tarek übernahm sofort und stand auf.

Er streckte Marc die Hand entgegen, grinste breit und begann: »Hey Marc, wie cool, dich kennenzulernen! Cat hat schon so viel von dir erzählt. Ich bin Tarek, ihr Cousin. Ich hab sie eben aus dem Krankenhaus abgeholt und sie wollte direkt in die Stadtbibliothek, um irgendwas nachzuschlagen, aber ich hab gesagt, hey, nein, Cat, erst essen wir jetzt mal ein Eis. Egal, wie scheiße die Welt ist, Eis hilft immer, ist es nicht so? Und weißt du, was dieses dumme Huhn macht, wo ich doch versuche, die Weisheit meines fortgeschrittenen Alters mit ihr zu teilen? Sie bestellt sich einen Milchshake!«

Die letzten Sätze hatte er so übertrieben dramatisch hervorgestoßen, dass selbst die Umsitzenden an den anderen Tischen lachen mussten.

Marc schüttelte seine Hand und grinste ebenfalls. »Ich wusste gar nicht, dass Cat einen Cousin hier in der Stadt hat.«

»Ja, sie verheimlicht mich gerne. Ich bin das schwarze Schaf der Familie.«

Cat boxte ihn auf den Oberarm, schubste ihn dann nach hinten und stand ebenfalls auf, um Marc mit einem Kuss zu begrüßen. »Achte gar nicht auf ihn. Er ist so eine Dramaqueen!«

Tarek warf die Arme in die Höhe und quäkte: »Hey, ich hab auch Gefühle!«, doch Marc hatte nur noch Augen für Cat.

»Wie geht's ihr?«

»Unverändert.« Cat ließ den Kopf hängen. »Ich darf sie nicht besuchen, aber Silke hält mich auf dem Laufenden. Wir telefonieren heute Abend.«

»Gibst du mir Bescheid?«

»Na klar.«

»Dann sehen wir uns in der Schule?«

»Ja. Ich freu mich drauf.«

»Und ich erst.« Er lächelte und küsste sie zum Abschied. »Ich muss los, meine Mutter wartet im Kaufhaus auf mich. Bis Montag!«

»Bis Montag.«

Sie wartete, bis er außer Sicht war, dann erst setzte sie sich wieder.

Tarek sah ihm mit verträumtem Gesichtsausdruck hinterher. »Was für ein niedlicher kleiner Funken er doch ist.«

Cats Blick loderte. »Meine Familie, meine Freunde. Lass die Finger von ihm oder die Leere ist dein kleinstes Problem!«

Tarek lachte laut. »Willst du mir drohen, kleines Mädchen?«

Cat blieb ruhig. »Wenn ich die Geschichte richtig verstanden habe, war mein Dad deutlich jünger als ich heute und hat gleich zweien von euch den Garaus gemacht. Willst du's drauf anlegen?«

Tareks freundliche Mine entgleiste. Für den Bruchteil einer Sekunde konnte sie unter der bildhübschen Fassade das Monster erkennen, das er war. Cat zuckte nicht zurück.

»Provozier mich nicht, Menschenkind. Ich bin der Jäger, du die Beute«, fauchte er.

»Dann such keinen Streit mit mir«, entgegnete Cat sehr ruhig. *»Wenn du dich an den Meinen vergreifst, werde ich die Erde salzen, in der du pflanzt«*, zitierte sie einen von Mrs WJ gehörten Spruch, und fügte hinzu: »Und deinen Arsch von hier nach Tulsa treten. Lächelnd.«

Tarek sah sie fassungslos an. Cat verzog keine Mine, obwohl ihr innerlich ganz kalt war vor Angst. Fast zwei

Minuten dauerte das mit Blicken geführte Duell und Cat schien es, als würden Termiten in ihrem Bauch wüten, so wie damals, als eine Kolonie Grannys Geräteschuppen zerlegt hatte.

Doch plötzlich lachte Tarek, laut und schallend. Er warf seinen Kopf in den Nacken, lehnte sich im Stuhl nach hinten und lachte. Dabei wirkte er absolut nicht mehr wie ein Monster, ganz im Gegenteil – einen kurzen Moment lang zuckte in Cat die Frage auf, wie sie jemals Angst vor ihm hatte haben können.

Wer so lachte, konnte unmöglich böse sein. Doch ihr Verstand griff sofort ein. *Lass dich nicht blenden, Cat. Er mag aussehen wie Westley, aber vor dir sitzt der grausame Pirat Roberts.* Trotzdem lächelte sie, so ansteckend war sein Gelächter.

Als er sich beruhigt hatte, blieb sie still. Sollte er doch den ersten Schritt machen.

»Catherine Munroe, du hinterlässt mich sprachlos«, sagte er. »Man sollte meinen, du müsstest vor Angst schlottern, wie es einem zerbrechlichen Menschenkind zusteht, aber wie manche Maus, die der Katze in die Nase beißt, stehst du auf und stellst dich mir entgegen. Du hast wahrlich keinen Tropfen feiges Blut in dir!«

Cat zuckte sichtlich zusammen und verfluchte sich im Stillen dafür. *Du hast keinen Tropfen feiges Blut in dir,* das sagte

Mrs WJ oft zu ihr, genau wie Onkel Brian. Waren sie so nah? Oder war das vielleicht ein geflügeltes Wort unter den Ka'rim'nar?

»Ich werde meine Finger von den deinen lassen, Catherine Munroe, ich schwöre es bei den Knochen meiner Ahnen und der Murmel, die mein ist, wie ich ihr bin. Es wird mir eine Ehre sein, mit dir gegen den Ka'rim'char zu kämpfen.«

»Danke. Glaube ich.« Cat fiel etwas ein. »Ihr selbst nennt euch Ka'rim'nar, richtig? Und diese Leere Ka'rim'char?« Es gelang ihr nicht, die fremden Worte richtig auszusprechen, doch er schien zu verstehen, was sie meinte. »Was bedeutet das?«

»Ja. Wir sind die Ka'rim'nar, die Jäger des Ka – des Funkens. Die Leere ist Ka'rim'char, der Tod des Ka. Und die Menschen sind Ka'rim'doje, die Gefäße des Ka. Und wir, die wir uns der Leere entgegenstellen werden, sind Ka'rim'mai. Narren des Ka.« Er lachte. »Die alte Sprache wird nicht mehr oft gesprochen. Wir verwenden zumeist die Sprachen der Menschen dieser Tage. Nur die ganz Alten können sich noch wirklich so unterhalten. Da sind wir wohl wie alle unterworfenen Völker.«

»Unterworfen? *Ich bin der Jäger, du die Beute*«, zitierte sie ihn. »Das klingt für mich nicht nach Unterwerfung.«

»Tja … da ging es uns wohl ähnlich wie den Löwen«, seine Stimme klang bitter. »Immer noch Raubtiere, immer noch tödlich, trotzdem vom Aussterben bedroht, weil ihr euch vermehrt wie die Karnickel.«

»Mrs WJ sagte, vermutlich hätten die Menschen sich nur so stark vermehren können, weil die Leere damals die Ka'rim'nar so stark dezimiert hat.«

»Kann gut sein. Leider sorgt der aktuelle Vertreter des Ka'rim'char nicht für Ausgleich, indem er die Menschen dezimiert. Er tut sich schon wieder an uns gütlich.«

»Scheiße, wenn man erfährt, dass man nicht mehr an der Spitze der Nahrungskette steht, was?« Es tat gut, die von Silke eingesteckte Spitze weiterzugeben.

Seine Augen blitzten zornig, doch er schwieg.

»Zurück zum Thema«, sagte Cat ruhig. »Es gibt also nicht mehr viele von euch, die die alte Sprache sprechen – sind das zufällig die, die sich mit euren Legenden aus kennen? Dann sollten wir vielleicht mit denen reden.«

»Ja. Aber vielleicht sollte ich das lieber allein machen.« Er klang amüsiert.

»Warum?«

»Weil deine freche Schnauze dazu führen wird, dass sie dich in der Luft zerreißen, Püppchen.«

»Nenn mich nicht so.«

»Es ist völlig schnuppe, wie ich dich nenne. Der Punkt ist, dass deine Art mich vielleicht amüsiert, aber die Alten werden sie als Affront betrachten, selbst wenn sie sich dazu hinreißen ließen, ernsthaft mit einem Menschen zu kommunizieren. Ich werde versuchen, etwas herauszufinden.«

»Mach das.« Cat sah auf das große Zifferblatt der Swatch, die ihr Dad ihr zu Weihnachten geschenkt hatte, und deren breites Gummiarmband beinahe aussah wie ein Schweißband. »Ich muss jetzt los, wenn ich das Chaos in der Bibliothek noch aufräumen und trotzdem meinen Bus erwischen will. Um sieben ruft Sil…« Sie biss sich auf die Zunge, doch es war zu spät.

»Silke an, ja?«, vervollständigte Tarek den Satz. »Sie, die einst Marique gewesen ist. Auch jemand, der einen Bogen um die Alten machen sollte.«

»Sie gehört zu den Freunden, die du in Ruhe zu lassen geschworen hast.«

»Waffenstillstand, Cat. Kein Friedensvertrag. Vergiss das nicht.« Er winkte einen Kellner heran und zahlte. »Fühl dich eingeladen.«

»Danke.«

»Ich melde mich bei dir, Cat. Pass auf dich auf.«

Er stand auf und verschwand im Kaufhaus.

Cat schüttelte sich und ging zur Bibliothek, um die Bücher zu verräumen.

Sie schaffte es, rechtzeitig zu Silkes Anruf zuhause zu sein.

»Es gibt einen unvorstellbaren Arsch voll grüner Kadetts in dieser winzigen Stadt«, knurrte Silke. »Und eine gar nicht mal so kleine Menge davon gehört Männern zwischen 18 und 30.«

»Verdammt. So kommen wir also nicht weiter?«

»Nein. Ich fürchte nicht.« Silke schwieg und atmete tief durch. »Ich werde nicht drumherum kommen, Kontakt aufzunehmen. Es kann sein … Scheiße, es kann sein, dass ich danach verschwunden bin. Wenn sie mich holen, ist es an dir Cat. Dann bist du Nadjas einzige Hoffnung.«

Yeah, no pressure. Cat schimpfte sich selbst für diesen lästerlichen Gedanken aus. Sie wusste nichts zu sagen.

»Versprich es mir, Cat. Wenn sie mich aus dem Spiel nehmen … dann rettest du mein Baby. Versprich es mir.«

»Ich hab’s schon Nadja versprochen«, antwortete Cat mit ruhiger Stimme, die ihre Angst kein bisschen verriet.

Zumindest hoffte sie das. »Ich werde nicht aufgeben, egal, was passiert. Ich werde Nadja zurückholen.«

»Gut. Dann werde ich die Ka'rim'nar kontaktieren.«

»Wie?« Cat biss sich auf die Zunge. Silke schien von ihrer Frage überrascht.

»Was meinst du?«

»Na, wie wollen Sie die kontaktieren? Haben die eine Telefonnummer? Eine Adresse? Eine Bar, in der man sich trifft?«

Silke lachte. »Nein. In den großen Städten gibt es Läden, die man finden kann, wenn man weiß, wonach man Ausschau zu halten hat. Aber hier, auf dem Land … nein. Obwohl es auch hier sicher welche gibt.«

»Auf jeden Fall! Einer studiert hier an der Uni.«

»Was?« Jetzt war es an Silke, entgeistert nachzuhaken.

»Er hat mich heute Mittag in der Bibliothek angequatscht. Sein Name ist Tarek. Er hat seine Partnerin an die Leere verloren.« Cat fasste das Gespräch mit Tarek zusammen, ließ dabei aber die Begegnung mit Marc aus.

»Ich hätte wissen müssen, dass sie dich auf dem Schirm haben.« Silke klang zornig. »Also wussten sie all die Jahre, wo ich bin. Warum haben sie mich nicht gestraft?«

»Keine Ahnung. Aber wir haben einen Waffenstillstand. Tarek hat mir geschworen, dass keiner von ihnen mich, meine Familie, meine Freunde oder meine Katzen bedroht. Sie nehmen von keinem von uns den Funken, verletzen uns nicht und töten uns nicht, bis dieses Problem erledigt ist. Und wenn ich oder einer der meinen maßgeblich daran beteiligt sind, das Problem zu lösen, lassen sie uns für immer in Ruhe.« Sie gab sich alle Mühe, den Wortlaut so präzise wie möglich wiederzugeben. »Und das gilt dann auch für Sie.«

»Für mich? Wieso?« Sie klang überrascht.

»Weil Nadja Familie ist. Und damit sind Sie das auch.«

Silkes Lachen klang wie zerbrechendes Glas. »Wenn das dein Vater wüsste …«

»Dann müsste er das akzeptieren«, knurrte Cat. »Tarek ist in diesem Kampf jedenfalls auf unserer Seite, während mein Dad irgendwo in Hongkong herumspringt. Sie wollten mir erklären, wie genau Sie Kontakt aufnehmen.«

»Es gibt niemanden, den ich einfach anrufen kann. Ich werde am Gespinst zupfen und hoffen, dass ich ihre Aufmerksamkeit errege. Wenn sie sowieso schon wissen, wer und wo ich bin, sollte das nicht allzu schwer sein. Vielleicht überlebe ich es dann ja sogar.«

»Das will ich denen geraten haben.«

Silke antwortete sehr ernst. »Cat, wenn sie mit mir abrechnen … kümmere dich um Nadja und lass es damit gut sein. Komm nicht auf komische Ideen, ja? Die Ka'rim'nar sind keine Gegner für dich.«

»Natürlich nicht. Ich muss mich ja mit den Monstern kloppen, vor denen die Monster Angst haben.«

»Wir werden das gemeinsam tun. Wir werden mein kleines Mädchen zurückholen.«

»Worauf Sie einen lassen können.«

KONFRONTATION

Nach dem Telefonat mit Silke hatte Cat sich noch etwas zu essen gemacht und war dann recht früh zu Bett gegangen. Sie konnte noch nicht allzu lange geschlafen haben – draußen war es noch nicht mal vollständig dunkel geworden – als sie von einer Bewegung im Zimmer geweckt wurde. Fahrig tastete sie auf ihrem Nachttisch herum, bis sie den Schalter der Leselampe fand. Lovis, die wie immer unter ihrer Decke schlief, maunzte vorwurfsvoll.

Im warmen Schein der kleinen Lampe sah Cat, dass sich alle fünf Katzen in ihrem Zimmer versammelt hatten – friedlich, ohne zu kämpfen, was in jedem Zimmer des Hauses ein Wunder gewesen wäre. Lovis maunzte immer noch unter dem Laken, Momo hob verschlafen den Kopf von Cats Kuschelkissen, Fudge lag am Fußende, Kassy in der halb offenen Zimmertür und Justus saß aufrecht auf dem Schreibtisch und sah aus dem Fenster, als müsse er Wache halten.

Cat konnte sich nicht daran erinnern, wann Justus das letzte Mal in ihrem Zimmer gewesen war. Genau wie Kassy schlief er normalerweise bei ihrer Mum, während

Momo und Fudge normalerweise unten blieben. Verwirrt sah sie die Tiere eins nach dem anderen an, doch keines von ihnen schien eine Erklärung abgeben zu wollen. Kopfschüttelnd schaltete Cat die Lampe wieder aus, kuschelte sich zurück in Kissen und Decke, spürte, wie Lovis sich an ihrem Bauch rekelte und leise zu schnurren begann, und schlief wieder ein.

Als sie am nächsten Morgen durch Sturmgeklingel geweckt wurde, war keine der Katzen mehr im Zimmer. Verschlafen sah sie auf die Uhr und wunderte sich, warum Nadja sie um halb sieben aus dem Bett klingelte. Sie mussten doch erst Montag wieder zur nullten Stunde in die Schule. Dann begriff sie, dass Sonntag war, und machte sich auf der Stelle ernsthafte Sorgen. Hastig sprang sie aus dem Bett.

Auf dem Weg nach unten zog sie sich eine Jogginghose über, was beinahe dafür sorgte, dass sie die Treppe hinunterfiel. An der Tür angekommen schaute sie – wie ihr so ziemlich jeder Erwachsene in ihrer Familie gefühlt drei Millionen mal eingeschärft hatte – zuerst durch das kleine Fenster neben der Tür, bevor sie öffnete. Als sie aber erkannte, wer da vor der Tür stand, löste sie so schnell wie möglich die Kette und riss die Tür auf, um dem Mann in den Arm zu springen.

»Uncle Brian! So happy to see you«, sprudelte es aus ihr heraus. »Kommst du zu meinem Geburtstag? Dann bist du ein paar Tage zu früh, aber es ist so schön, dich zu sehen, ich freu mich so!«

Der große, kräftige Mann mit dem schütteren dunkelblonden Haar lächelte und drückte sie fest, doch dann wurde sein Gesicht ernst. »Hallo, kleine Cat. Ich freu mich auch, dich zu sehen. Aber ich bin nicht wegen deines Geburtstags hier – dann wäre ich erst nächste Woche gekommen. Wollen wir reingehen?«

»Ja, klar! Komm rein. Soll ich dir einen Kaffee kochen?«

»Das wäre großartig. Ich schlafe im Flugzeug ja mehr schlecht als recht.«

»Wann bist du denn bloß losgeflogen?«

»Ziemlich genau vor zwölf Stunden. Nachtflug ab New York. Leider ging die nächste Zugverbindung von Frankfurt erst um acht, deshalb bin ich mit dem Taxi gekommen.«

»Du bist mit dem Taxi gekommen? Aus Frankfurt? Himmel, das muss ja ein Vermögen gekostet haben!« Cat fiel beinahe die Kaffeekanne aus der Hand.

»Ja.«

»Warum konntest du denn nicht auf den Zug warten?« Cat füllte Wasser und Pulver ein und ließ die Maschine ihren Dienst tun.

»Weil ich am schnellsten hier sein konnte.«

Sie sah ihn verwirrt an. »Am schnellsten?«

»Ja.«

»Warum?«

»Weil du in Schwierigkeiten steckst, Cat. Mit diesen Murmelleuten ist nicht zu spaßen.«

»Woher weißt du …« Cat unterbrach sich selbst. »Mrs WJ.«

»Ganz genau. Die dürfte in zwei bis drei Stunden auch hier eintreffen.«

»Mrs WJ ist in einen Flieger gestiegen?«, schrie Cat. Seit Jahren versuchte sie, die alte Dame davon zu überzeugen, sie einmal in Deutschland zu besuchen, aber Mrs WJ erklärte jedes Mal, wenn Gott gewollt habe, dass sie flog, hätte er ihr Flügel gegeben. Und überhaupt, keine zehn Pferde bekämen sie in einen dieser riesigen Blechsärge, niemals.

»Ja. Sie macht sich große Sorgen um dich. Wie wir alle.«

»Alle?« Jetzt wurde Cat ernsthaft misstrauisch.

»Ja, alle. Auch Granny Munroe. Mrs WJ musste ihr ja erklären, warum sie sich auf diese Reise begibt. Es war ausnehmend schwer, deiner Gran zu erklären, dass sie nicht mitkann. Dein Dad dürfte auch bald hier sein.«

»Daddy kommt aus Hongkong?« Cats Stimme zitterte, die Frage endete in einem kleinen Quieken. Onkel Brian nickte.

»Zu meinem Geburtstag wollte er nicht kommen.« Cat konnte hören, wie bitter ihre Stimme klang. Onkel Brian zog eine Augenbraue hoch.

»Ein Geburtstag ist auch keine lebensbedrohliche Situation, Moonpie«, sagte er und wühlte in der Umhängetasche, die er über der Schulter trug. »Wobei mir gerade einfällt …« Er zog eine leicht zerdrückte Packung *MoonPies* aus der Tasche und Cat strahlte, als sie die lang entbehrte Süßigkeit sah.

Der Kaffee war durchgelaufen und als sie die dampfende Tasse vor ihrem Onkel abstellte, legte er die Hände darum und lächelte versonnen. Wie sehr sie dieses Lächeln vermisst hatte, wurde ihr erst in diesem Moment bewusst.

»Cat, es ist eigentlich nicht an mir, dir diese Geschichte zu erzählen, aber da dein Dad noch ein wenig brauchen wird, muss ich wohl. Ich hoffe, er nimmt es mir nicht allzu übel.« Er rutschte auf dem Stuhl hin und her, als sei ihm unbehaglich. »Wir waren noch Kinder, dein Dad und deine Mum, unser Bruder Fred und ich.« Wie immer, wenn die Rede auf Fred kam, brannte der Schmerz des Verlustes in Brians Augen. »Dein Dad hat diese bekackte Murmel gefunden, und ihre Besitzer haben beim Versuch, sie wiederzubekommen, das ganze Dorf aufgemischt.«

Er erzählte ihr, wie Billy am Straßenrand das erste Mal mit den Murmelleuten gesprochen hatte, lange bevor sie wussten, was es mit denen auf sich hatte, und dass es Mrs Wielder-Jenkins, die »böse Hexe des Ostens« gewesen war, die ihn aus diesem Gespräch gerettet hatte. Wie die Murmelleute Mike O'Leary den Funken geraubt hatten – »‚Mike das Monster' haben deine Mum und dein Dad ihn damals genannt. Ist letztes Jahr in der Nähe von Bagdad gefallen, Gott sei seiner Seele gnädig« – und den Eltern der Mills-Kinder auch.

In seinem Gesicht lag Schmerz, als er mit ruhiger Stimme berichtete, wie seine und Jennys Eltern in dieser Nacht gestritten hatten und von den purpurnen Striemen, die sein Vater ihm mit einem Kochlöffel verpasst hatte.

»Den Pa von deinem Dad haben sie auch erwischt«, sagte er mit der gleichen ruhigen Stimme. »Am nächsten Tag waren sie in der Schule. Haben rumgeschnüffelt, behauptet, sie seien auf der Suche nach antikem Spielzeug. Dort haben sie sich Jenny geschnappt.« Cat sog entsetzt die Luft ein und er sah auf. »Ja, Cat. Sie haben deine Mum aus der Schule heraus entführt und in ihrem schicken, teuren Auto auf ein Feld gefahren, weil sie aus ihr herausbekommen wollten, wo die verlorene Murmel steckte. Aber Jenny hat ihnen was gehustet, o ja! Mit Jenny Mills durfte man sich schon damals nicht anlegen.«

Er lächelte wieder, aber der Schmerz in seinen Augen war nicht verschwunden. »Wir haben Mr Millers Riesenbullen auf sie gehetzt. Herkules. Zwei Tonnen geballte Wut. Von ihrem Angeber-Mercedes war nachher nicht mehr viel übrig.« Sein Grinsen wurde bitter. »Aber sie haben Fred erwischt. Ihm seinen Funken genommen und ihn liegen lassen wie Dreck. Und Jenny … sie haben Jenny sehr weh getan an diesem Tag. Ich werde ihren Schrei niemals vergessen.«

Er trank noch einen Schluck Kaffee. Sein Blick ging in weite Ferne, ganz so, als würde er durch die Jahre zurückblicken. »Dein Dad und ich sind dann zu Mrs WJ gegangen und haben sie um Hilfe gebeten. Sie hatte die

Informationen, die wir brauchten. Sie erzählte uns von den Funken und warum sie so aussehen wie Sterne – ‚Wir sind alle nur Sternenstaub, William', das hat sie damals gesagt – und dass man sie zurückholen kann, wenn man die Murmel zerstört. Dann hat Billy deine Gran angerufen und Mrs WJ hat ihr erklärt, was passiert ist, und dann haben wir den Murmelärschen eine Falle gestellt.«

Er hielt inne und sah Cat an. »Wir waren noch Kinder, Catherine. Wir hatten mehr Glück als Verstand, dass wir aus dieser Nummer lebend rausgekommen sind. Du darfst diesen Typen nicht zu nahe kommen.«

Cat stand auf und nahm sich ebenfalls einen Kaffee. Onkel Brian sah sie mit hochgezogener Augenbraue an.

»Ich komme ihnen nicht jetzt zu nahe, Onkel Brian«, sagte sie. »Nadja ist meine beste Freundin, seit wir damals nach Onkel Freds Tod hierhergezogen sind. Vom ersten Tag an. Silke – das ist Nadjas Mutter – hätte ungefähr drölfzig Milliarden mal die Gelegenheit gehabt, mir meinen Funken zu stehlen oder sonst was anzutun. Hat sie aber nicht. Sie hat sich von den Ka'rim'nar losgesagt, als ihr Partner starb, hat schon seit Ewigkeiten keinen Funken mehr genommen. Silke ist hier nicht unser Feind.« Ihre Stimme war immer lauter geworden.

Onkel Brian sah sie ruhig an und wechselte dann das Thema. Er ließ sich von Nadja erzählen, von all den Abenteuern kleiner Mädchen, die sie gemeinsam erlebt hatten, von durchquatschten Nächten und albernen Streichen, von der ersten Kippe, die sie letztes Jahr gemeinsam geraucht hatten – Cat hatte es eklig gefunden, aber Nadja war dabeigeblieben – und von all den anderen kleinen Dingen, die so wichtig in Cats Leben waren.

Er hörte aufmerksam zu, fragte nur manchmal nach, lachte an den richtigen Stellen und sorgte so dafür, dass Cat sich wohlfühlte. Angenommen. Onkel Brian konnte sie auch die Dinge erzählen, die sie Mum oder Dad niemals würde sagen können. Sie erzählte ihm sogar von Marc und diesem einen Kuss im Schlossgarten und verriet ihm, dass allein der Gedanke an diesen Kuss ausreichte, um ihre Knie weich werden zu lassen.

Dieses Thema führte sie unweigerlich zurück zum eigentlichen Problem, doch gerade, als sie ihm von Tarek erzählen wollte, klingelte es erneut an der Tür.

Cat öffnete, sah in das braun gebrannte Gesicht ihres Vaters und sprang. Ganz wie früher fing er sie in der Luft und drückte sie fest an sich. »Dad!«, rief sie glücklich. Sie sog den Duft seines Aftershaves ein, spürte seinen

Bartschatten an ihrer Wange kratzen und fühlte sich so sicher und geborgen.

Irgendwann setzte er sie ab, schob sie mit ausgestreckten Armen ein bisschen von sich und sah sie an. Sein Blick glitt von den ausgetretenen Chucks über die zerrissene Jeans, das Feinripp-Herrenunterhemd und das Flanellhemd darüber zu ihren langen Locken, in die sie kürzlich rote Strähnen hatte färben lassen. Er griff sich eine davon und ließ sie durch seine Finger gleiten. »Du bist ganz schön groß geworden, Honey. Gut siehst du aus«, sagte er sanft.

Cat lächelte. Das konnte sie zurückgeben – man sah ihrem Dad an, dass er gute zehn Jahre jünger war als die anderen Väter von Kindern in ihrem Alter. Großgewachsen und breitschultrig, er hatte wohl wieder mehr Sport getrieben in den letzten Monaten. Die kalifornische Sonne hatte seine hellbraunen Haare aufgehellt und die blonden Strähnen sorgten zusammen mit der gebräunten Haut dafür, dass er aussah wie ein Surfer.

»Wenn du dir die Haare noch ein bisschen wachsen lässt, siehst du aus wie Patrick Swayze in *Point Break*«, sagte sie. Er lachte, ließ sie los und trat beiseite.

Mrs WJ, die geduldig hinter ihm gewartet hatte, ging auf ihren Stock gestützt einen Schritt auf Cat zu und breitete die Arme aus. Behutsam und sehr vorsichtig drückte Cat die uralte Dame an sich. Ihr Haar, das schon schlohweiß gewesen war, als Cat noch nicht laufen konnte, legte sich in unzähligen kleinen Löckchen um ihren Kopf, und die Falten in ihrer dunkelbraunen Haut waren noch tiefer geworden. Aber der Duft nach Lavendel und Vetiver war derselbe wie früher und der Druck ihrer Arme, so dünn sie auch sein mochten, war fest und warm.

Cat führte beide nach drinnen, wo sie Onkel Brian begrüßten, während sie Kaffee servierte. Als Brian Mrs WJ vorsichtig umarmte, öffnete sich die Haustür erneut und Jenny trat ein.

Die Begrüßung zwischen ihrer Mum und Onkel Brian war herzlich und fröhlich, ebenso wie bei Mrs WJ. Als Jenny aber zu ihrem Dad trat, spürte Cat die aufgeregte Spannung, die plötzlich in der Luft lag. Sie war wohl nicht die Einzige, die sich fragte, wie die beiden aufeinander reagieren würden.

Sie hatte sich niemals Gedanken darüber gemacht, warum ihre Eltern so viel jünger waren als alle anderen. Sie wusste, dass ihre Mum gerade erst achtzehn gewesen war, als sie sie bekommen hatte, und ihr Dad sogar erst siebzehn, aber erst in diesem Augenblick wurde ihr bewusst, dass sie selbst nicht mehr viel jünger war als ihre Eltern damals. Billy und Jenny würden sie sicher genauso unterstützen, wie Gran Munroe damals sie unterstützt hatte, und trotzdem konnte Cat sich nicht vorstellen, sich schon so bald um ein anderes Leben kümmern zu müssen.

Auf was ihre Eltern wohl alles hatten verzichten müssen? Ob Mum früher auch solche Schmetterlinge im Bauch gehabt hatte, wenn sie Dad ansah, so wie Cat sie spürte, wenn sie Marc traf? *Die hat sie anscheinend immer noch,* schoss es ihr durch den Kopf, und sie lächelte, als sie die Liebe bemerkte, die aus den Augen ihrer Eltern heraus leuchtete. Billy öffnete die Arme, Jenny drückte ihn kurz und er gab ihr einen leichten Kuss auf den Scheitel.

»Wenn ihr euch doch immer noch liebt, warum leben wir dann nicht alle zusammen?«, platzte es aus Cat heraus. Ihre Eltern fuhren auseinander wie knutschende Teenager, die überrascht worden waren, und alle Anwesenden sahen Cat entgeistert an.

Bis auf Mrs WJ, die laut lachte. »Out of the mouth of babes«, sagte sie und setzte sich giggelnd.

Jenny, die rot geworden war, räusperte sich, nahm sich einen Kaffee und setzte sich ebenfalls. »Vielleicht diskutieren wir erst mal das aktuelle Problem.«

Billy nickte und setzte sich ihr gegenüber. »Ja, da hat deine Mum völlig recht. Wir sind ja nicht ohne Grund hier.«

»Eine Familie zu sein reicht wohl nicht, was?« Cat erschrak über die erneute Bitterkeit in ihrer Stimme. Jenny griff nach ihrer Hand und zog sie zu sich.

»Als Familie müssen wir uns dieser Bedrohung stellen.« Auch Onkel Brian setzte sich nun, sodass Cat ebenfalls Platz nahm, zwischen ihrer Mum und Mrs WJ.

»Da habt ihr recht«, sagte sie. »Wir müssen die Leere aufhalten.« Wieder sahen alle sie entgeistert an. Billy brach das Schweigen als Erster.

»Was? Hast du den Schuss nicht gehört? Wir müssen dich von diesen Leuten fernhalten!« Cat wollte auffahren, doch Mrs WJ unterband das mit einer Handbewegung.

»Zunächst müssen wir Informationen austauschen. Cat, erzähl«, sagte sie ruhig.

»Aber …«

»Halt die Klappe, William Munroe.«

Cat, die sich insgeheim darüber freute, dass ihr Dad zurechtgewiesen wurde, erzählte. Sie begann damit, wie wichtig Nadja für sie war und wie lange sie schon befreundet waren, und ließ kaum etwas aus, weder Marc noch Tarek, weder Nadjas nachmittägliches Saufgelage mit dem Dreifachen Lottchen noch ihren eigenen nächtlichen Ausflug ins Krankenhaus. Sie berichtete, was Silke und Tarek ihr über das Ka'rim'char erzählt hatten, und auch, was Mrs WJ hatte ergänzen können. Nur, dass Silke getrunken hatte, bevor sie im Auto unterwegs gewesen waren, erzählte sie nicht. Dass sie trotzdem eingestiegen war, nahm sie sich selbst immer noch übel.

Als sie fertig war, herrschte Stille.

Billy, der aussah, als könne er kaum an sich halten, platzte schließlich heraus. »Ich will, dass Cat mit mir zurück in die USA kommt. Sofort. Wir fliegen noch heute.«

Jenny sprang auf, ihr Stuhl flog nach hinten und krachte in die Küchenanrichte. »Das kannst du dir in die Haare schmieren, Billy! Meine Tochter bleibt bei mir!«

Billy stand ebenfalls auf, umklammerte mit beiden Händen den Küchentisch und beugte sich nach vorne. »Auf gar keinen Fall! Sie ist hier nicht sicher!«

»Aber bei dir! Während du in der Welt herumjettest, sitzt sie dann ganz allein in Cupertino? Du hast sie wohl nicht alle!«

»Bei mir geht sie wenigstens nicht bei Murmelleuten ein und aus!«

Cat stand auf, umrundete den Küchentisch und verließ die Küche. Ihre Eltern waren so sehr damit beschäftigt, sich gegenseitig Vorwürfe zu machen, dass sie es gar nicht bemerkten.

Sie ging durch die Terrassentür nach draußen, strich dem auf der Terrasse sitzenden Justus über den Kopf und legte sich in ihre Hängematte. Der Wind strich durch die Blätter der großen Eiche und ließ die Sonnenstrahlen damit tanzende Bilder malen. Die Welt war so schön und tat so friedlich, wie konnte es sein, dass sie so voller Schrecken war? Cat spürte, wie ihre Wangen feucht wurden. Als sie hörte, wie die Terrassentür sich erneut öffnete und schloss, atmete sie tief durch und richtete sich auf. Schwer auf ihren Stock gestützt humpelte Mrs WJ auf die drei Stufen zu, doch Cat sprang aus der Hängematte und lief zu ihr.

»Nicht, Mrs WJ. Der Maulwurf hat den ganzen Garten umgegraben, hier sind überall Löcher.« Sie zog einen der Gartenstühle herbei. »Hier, nehmen Sie den.«

»Danke, Catherine.« Mrs WJ setzte sich schwerfällig. »Es wird immer schwieriger, diesen widerspenstigen Körper zu bewegen.« Sie lächelte. »In meinem Alter sollte ich vermutlich nicht klagen.«

»Wie alt sind Sie eigentlich, Mrs WJ?«, fragte Cat.

»Geboren am 18. September 1784 in New Orleans, Missy. Es passiert nicht oft, dass die Ka'rim'nar sich entschließen, ein Kind zu bekommen – die Schwangerschaft ist lang und mühselig und die Geburt oft gefährlich. Wenn man dann bedenkt, dass der überlebende Partner dem Verstorbenen schnell folgt, kann man sich vielleicht vorstellen, warum.

Meine Eltern aber wollten mich, unbedingt. Wir sind nicht lange im Süden geblieben, freie Schwarze hatten es schwer, deshalb sind wir nach New York gegangen, als ich noch nicht mal richtig laufen konnte. Dort war es auch einfacher, einen Partner für mich zu finden – wir binden uns schon im Kindesalter an unser Gegenstück. Tarquin und ich sind, als wir erwachsen waren, quer durchs Land gezogen, auf der Jagd nach Funken und Freude.

Er starb 1862, als ihn eine Granate der Konföderierten in Stücke sprengte, mitsamt seiner Murmel. Ich war allein und verzweifelt, aber ich weigerte mich, zu sterben.

Es war 1869, Ulysses S. Grant saß im Weißen Haus, der Krieg war noch nicht lange vorbei und in den Südstaaten wurden die befreiten Sklaven weiter wie Menschen zweiter Klasse behandelt, als ich, zurück in New Orleans, Mr Jenkins traf. Er war Prediger und er leuchtete so hell.

Ich verfolgte ihn, dachte darüber nach, seinen Funken zu nehmen, und konnte es doch nicht.

Er sprach mich an, wir tranken einen Kaffee, unterhielten uns … es dauerte fast zwei Jahre, bis er mich fragte, ob ich ihn heiraten wolle. Da erzählte ich ihm, was ich war. Ich rechnete fest damit, dass er mich verlassen und verachten würde – dann hätte ich ihm seinen Funken genommen! – doch er vergab mir und bat mich, all die gefangenen Funken freizulassen. Ich tat es und wurde sterblich.

Wir bekamen einen Sohn, weißt du? Ein kleines, wunderschönes Menschenkind. Er war fünf, als die Ka'rim'nar uns fanden. Sie nahmen seinen Funken, genau wie den seines Vaters, aber meinen nahmen sie nicht. Mein Leid sollte mir bleiben.« Ihr Blick war sehr dunkel. »Mr Jenkins brauchte kein Jahr, bis er sich ins Grab gesoffen hatte. Mein kleiner Billy …« Sie sah auf und Cat sah die Tränen in ihren haselnussbraunen Augen glitzern wie Diamanten. »Er war dreizehn, als sie ihn lynchten.

Ich konnte dort nicht bleiben, also zog ich wieder durch das Land, haltlos, wertlos. In Galesburg ließ ich mich schließlich nieder, allein, alt und hässlich. Es war nicht schwer, den Ruf einer eigenbrötlerischen Hexe aufzubauen. Ich sorgte dafür, dass die Kinder mich fürchteten und mir fernblieben. Ich konnte ihren Anblick nicht ertragen. Doch dann kamen die Ka'rim'nar in dieses kleine, beschauliche Dorf, dein Vater fand die Murmel und wir kämpften. Und ich fand, nach all diesen Jahren, wieder eine Familie.«

Sie griff nach Cats Hand und drückte sie fest. »Ich kann meine Familie nicht schon wieder verlieren, Cat. Ich kann nicht.«

»Das werden Sie auch nicht, Mrs WJ. Wir werden dieser Leere einen Arschtritt verpassen, dass sie bis nach Tulsa fliegt. Versprochen!«

Mrs WJ lachte, wurde aber sofort wieder ernst. »Cat, deine Eltern werden das nicht zulassen.«

»Sie werden mich nicht daran hindern können.«

»Aber sie werden es versuchen.«

»Dann muss ich wohl verschwinden.«

Mrs WJ sah sie ernst an und drückte noch mal ihre Hand. »Bist du dir sicher, dass du diesen Kampf führen willst, Catherine? Dieser Feind ist um einiges schrecklicher als die Ka'rim'nar.«

»Umso dringender muss er aufgehalten werden, Mrs WJ. Ich kann doch hier nicht rumsitzen und darauf warten, dass die Leere uns alle auffrisst. Nein, auch wenn ich kein AURYN habe, werde ich nicht zusehen, wie das Nichts Phantásien zerstört.«

»Du wirst mehr tun müssen, als der Kindlichen Kaiserin einen Namen zu geben.« Mrs WJ seufzte. Cat konnte hören, wie ihre Eltern sich drinnen immer noch anschrien. »Hör gut zu, Catherine. Ich werde dir alles erzählen, was ich herausfinden konnte …«

III. DAS LIED DER STERNE

JUNI 1991

I will show you fear in a handful of dust
T.S. Eliot

GLÜHENDES GLAS

Cat hatte nicht gewagt, noch einmal um das Haus herumzugehen, um ihr Fahrrad zu holen. Also hatte sie sich durch die Büsche am hinteren Ende des Grundstücks geschlagen, war über die Gartenmauer der Nachbarn geklettert und über deren Wiese zur Straße gelaufen. Von dort waren es auch zu Fuß nur ein paar Minuten bis zu Silke.

Cats Kopf schwirrte nach dem Gespräch mit Mrs WJ – ja, sie wusste nun, was sie zu tun hatte, aber war sie wirklich bereit dazu? Ihr Herz schlug schnell, obwohl sie nicht gerannt war. Es war Angst, die ihr schwer im Magen lag, auch wenn sie sich das nicht gerne eingestand. Warum zur Hölle war es ausgerechnet an ihr, die Welt zu retten? Wo war Superman, wenn man ihn mal brauchte? *Ich könnte einfach nach Hause gehen, mit Dad zurück in die USA fliegen und hoffen, dass jemand anderes die Leere aufhält,* dachte sie. *Irgendjemand, der nicht ich ist. Wie kann das Schicksal der Welt in meinen Händen liegen? Ich bin noch nicht mal fünfzehn.*

Cat spürte, wie die Panik Besitz von ihrem Denken ergriff und ihr der Schweiß ausbrach. ‚Dann geh. Es gibt andere Welten als diese' hatte Jake Chambers zum

Revolvermann gesagt. Aber für Cat traf das nicht zu. Es würde keine andere Welt für sie geben. Sie atmete bewusst tief durch, fühlte dem Atemzug nach, wie er ihre Brust öffnete und wie sich ihr Herzschlag beruhigte, dann klingelte sie. Silke öffnete sehr schnell.

»Wir müssen hier weg, Silke.«

»Dir auch einen guten Tag, Cat.« Silkes Antwort klang zickig, aber sie griff sofort nach ihrem Autoschlüssel und ihrer Handtasche und trat nach draußen. Im Auto erzählte Cat ihr, was an diesem Morgen alles geschehen war.

»Na toll«, fasste Silke zusammen. »Neben der Leere und den Ka'rim'nar müssen wir uns jetzt auch noch Gedanken um deine Eltern und deinen Onkel machen. Wundervoll.« Sie knurrte leise. »Ich hatte so was ja schon befürchtet. Egal. Es ist, wie es ist. Ich hab auch ein bisschen was zu erzählen.« Sie lenkte das Auto auf die Autobahnzufahrt Richtung Stadt. »Nachdem ich gestern ein wenig am Gespinst gezupft hatte, kam dein Kumpel Tarek mich besuchen.«

Sie sah Cat von der Seite an. »Hübscher Bengel.« Cat schnaubte nur. »Er hat mir dasselbe erzählt wie dir. Und er hat zwischenzeitlich Rücksprache mit den Alten gehalten. Die Ka'rim'nar sind sich einig, uns in Ruhe zu lassen, solange das Problem mit der Leere besteht.«

»Das hatte er mir ja auch schon versprochen.«

»Ja. Dumm nur, dass es nicht an ihm ist, ein solches Versprechen zu geben.« Sie lachte über Cats entsetzten Gesichtsausdruck. »Guck nicht so. Der Rotzlöffel ist noch grün hinter den Ohren und macht hier einen auf großer Macker … zum Glück haben die Ältesten seinen Vorschlag angenommen.« Sie lenkte den Wagen auf die Ausfahrt.

Cat sah auf die Schilder und fragte verwirrt: »Wo fahren wir denn hin?«

»Zu deinem lieben Tarek natürlich«, entgegnete Silke genervt. »Wie gesagt, ich hatte so was befürchtet und Vorbereitungen getroffen. Wenn deine Eltern mitkriegen, dass du nicht mehr da bist, und zwei und zwei zusammenzählen, werden sie nach meinem Auto suchen. Und wenn wir Pech haben, schalten sie die Polizei ein. Also müssen wir die Karre loswerden. Wir stellen den Wagen auf dem großen Parkplatz beim Baumarkt ab, dann gehen wir von dort in die Stadt, schlagen einen Bogen zurück zur Hauptstraße und springen an der Bushaltestelle Richtung Uni zu Tarek ins Auto. Damit sollten wir dann erst mal unter dem Radar sein.«

»Ich fühl mich schon wie James Bond«, sagte Cat spöttisch.

Silke sah sie ernst an. »Leider ist unser Gegner gefährlicher als jeder Bond-Bösewicht.« Sie hielten auf dem Parkplatz, Silke schloss das Auto ab und sie gingen gemeinsam Richtung Innenstadt. Der Bogen, den Nadjas Mutter zurück zu Straße schlug, war groß.

An der Bushaltestelle angekommen, bog ein grüner VW-Bus aus der Tankstelle gegenüber, machte kehrt und hielt dann direkt vor ihnen. Silke zog die Beifahrertür auf und Cat erkannte Tarek hinterm Steuer. In dem weiten schwarzen Hemd, das er heute trug, sah er noch mehr aus wie der Grausame Pirat Roberts.

Sie zog die Schiebetür auf und sprang auf die Rückbank, während Silke es sich auf dem Beifahrersitz bequem machte und die Nase rümpfte. »Hippie-Mobil, was?« Mit spitzen Fingern zog sie einen halb gerauchten Joint aus dem Aschenbecher und betrachtete ihn misstrauisch.

»Und nicht von den Bullen gesucht, Tante. Willst du lieber laufen?« Tareks Stimme klang giftig.

»Tante?«, mischte Cat sich ein. »Seid ihr verwandt?«

Tarek lachte. »Zum Glück nicht weiter, als dass wir beide zu den Ka'rim'nar gehören. In unserem Volk ist ‚Tante' eine respektvolle Bezeichnung für eine Ältere.« Er grinste Silke dreckig an. »Nicht, dass Verräterinnen so eine Ansprache verdient hätten.«

Silke schnaubte, sagte aber nichts.

»Was machen wir jetzt?«, fragte Cat. »Wie finden wir die Leere?«

»Gar nicht«, antwortete Tarek ruhig. »Wir bereiten uns darauf vor, dass sie uns findet.«

»Und wie genau tun wir das?«

»Was hat die alte Hexe aus Kansas dir erzählt?«

»Die Legende vom letzten Kampf gegen die Leere. Dass es die gemeinsame Anstrengung von Ka'rim'nar und Ka'rim'doje brauchte, um den Gegner zu bezwingen.« Tareks Gesicht verzog sich, als er die Worte aus ihrem Mund hörte. *Da musst du wohl durch, wenn ich für euch die Kastanien aus dem Feuer holen soll, Schnucki,* dachte Cat grimmig. »Wir werden wohl nicht darum herumkommen, zusammenzuarbeiten.«

»Was für eine Freude«, murmelte Silke.

Tarek lachte. »Ja, das deckt sich mit dem, was die Ältesten gesagt haben. Dieser fundamentalen Bedrohung allen Lebens können wir nur gemeinsam entgegentreten. Du weißt, was du zu tun hast?«

Cats Mine verdüsterte sich. »Ja. Mrs WJ hat es mir erklärt.« Sie fasste knapp zusammen, was die alte Dame ihr gesagt hatte.

Tarek nickte. »Das deckt sich mit dem, was die Ältesten mir erzählt haben. Bist du bereit dazu?«

»Wie sollte ich? Es ist, was getan werden muss. Da muss ich wohl durch.«

»Ganz schön mutig für einen Menschen. Ich werde dir beistehen.«

»Ganz schön freundlich für ein Monster.« Sie sah zwischen Tarek und Silke hindurch aus dem Fenster. »Wo fahren wir hin?«

»Aufs Land, meine Liebe.« Tarek grinste breit. »Ich habe eine Glasbläserei gefunden. Dort werden wir anfertigen können, was wir brauchen.«

Sie waren gut zwanzig Minuten unterwegs. Im Auto war es still, jeder von ihnen hing seinen eigenen Gedanken nach. Tarek war von der Autobahn abgefahren, sie folgten jetzt einer Landstraße, die von scheinbar endlosen Feldern und Obstbäumen gesäumt wurde. Ab und an durchquerten sie kleine Dörfer, die wie ausgestorben wirkten.

Cats Gedanken kreisten um ihre Lieben daheim – Dad war vermutlich ausgerastet, als sie entdeckt hatten, dass Cat weg war, und Mum hatte sicher geweint. Sie fühlte sich elend, ihrer Familie so viel Schmerz zuzufügen, aber sie machte sich nichts vor: Ihr Vater würde niemals zulassen, dass sie sich diesem Kampf stellte. Er würde Nadja verloren geben, auf alle Ka'rim'nar pfeifen, die die Leere sich holte, und argumentieren, dass jede gefressene Murmel die Welt für die Menschen sicherer machte. Und zwar, weil er die eigentliche Gefahr nicht sah: früher oder später würde die Leere sie alle holen.

Billy Munroe würde lieber die ganze Welt drangeben, als zuzulassen, dass einer der Seinen in Gefahr geriet. Er würde nicht verstehen, dass sie sich ihm widersetzen musste, dass sie keine andere Wahl hatte. Mrs WJ hatte das begriffen, Mum würde es vielleicht auch einsehen, sogar Onkel Brian könnte irgendwann einsichtig werden – aber nicht ihr Dad. Sie seufzte. Als sie aufsah, lenkte Tarek den Wagen gerade in die Einfahrt eines großen Bauernhofs.

»So, die Damen – auf geht's!« Er sprang aus dem Wagen und öffnete die hintere Schiebetür, damit Cat rausklettern konnte. Silke kam um das Auto herum und gesellte sich zu ihnen.

Cat sah sich um. Ihr erster Eindruck, es handele sich um einen Bauernhof, war falsch gewesen. Ein großes, buntes Schild klärte die Besucher darüber auf, dass der ehemalige Milchhof in ein Künstlerhaus umgewandelt worden war, der ein Fotostudio, mehrere Ateliers, eine Glasbläserei, drei Bildhauer-Werkstätten und diverse Büros umfasste. Nur in einem kleinen Gehege auf der Wiese neben den Scheunen tummelten sich Gänse.

Tarek, der sich auszukennen schien, übernahm die Führung und lotste sie vom Haupteingang weg in Richtung der Scheunen. Tatsächlich hing an einer davon ein weiteres Schild, das ihnen verriet, dass die gesuchte Glaswerkstatt genau hier zu finden war. Tarek klopfte und eine kleine, kräftige Frau mit kupferrotem Haar und freundlichem Gesicht öffnete das Tor.

»Ihr seids die, die angerufen haben?«, fragte sie in einem Dialekt, den Cat nicht zuordnen konnte.

»Genau«, antwortete Tarek.

»S´is unüblich, aber bei dem Geld …« Sie sah Tarek zweifelnd an. »Man muss ja sehn, wo man bleibt.«

»Wir versprechen, Ihre Werkstatt sorgsam zu behandeln und gut acht zu geben. In zwei, drei Stunden sind wir schon wieder weg«, sagte Tarek beruhigend und drückte ihr einen Umschlag in die Hand. »Vielen Dank, dass Sie uns die Möglichkeit geben.«

»Tun Sie sich halt nicht weh, ja? Das Glas wird arg heiß.«

»Wir passen auf.«

»Fein. Ich bin dann im Haupthaus, falls Sie was brauchen.« Sie ging Richtung Eingangstür, sah sich aber mehrfach zweifelnd nach ihnen um. Tarek seufzte.

»Für die Kohle, die in dem Umschlag war, sollten wir die ganze scheiß Werkstatt einpacken«, knurrte er und zog die Tür auf, die in das riesige Scheunentor eingelassen war.

»Weniger quatschen, mehr arbeiten«, fauchte Silke und scheuchte sie alle in die Scheune.

Im vorderen Teil des großen Raumes bestand der Boden nur aus festgetretener Erde. Er war vollgestopft mit den unterschiedlichsten Statuen – kleine Bronzegüsse auf schlanken Säulen und fast vier Meter hohe Göttinnen, die anscheinend per Kettensäge aus ganzen Baumstämmen geschnitzt worden waren. Zwischen den Kunstwerken, von denen einige ganz schön gruselig aussahen, verlief ein schmaler Gang zum anderen Ende der Scheune. Dort führte eine kleine Treppe zu einem abgetrennten Raum.

Tarek ging ihnen voraus, sprang die Stufen hinauf und öffnete die Tür. Der dahinterliegende Raum war etwas größer als Cats Zimmer daheim und zu einem Großteil mit einem langen, breiten Holztisch gefüllt, der über und über mit Glasstäben in den verschiedensten Farben und Größen bedeckt war. In der Mitte des Tisches zog sich über die ganze Länge eine Brennstelle, die von jedem Platz aus separat reguliert werden konnte. An den Wänden standen Vitrinen, in denen sich gläserne Tiere und Figuren aller Art tummelten, eins schöner als das andere.

Fasziniert ging Cat von Schrank zu Schrank und besah sich die Kunstwerke. Manche waren kaum größer als ein Fingerglied, so wie eine besonders bezaubernde Schildkröte, die man anscheinend als Anhänger tragen konnte, andere waren riesig wie der fast lebensgroße Papagei, vor dem sie nun stand und staunend die Kunstfertigkeit betrachtete, mit der dieses Geschöpf in Glas abgebildet worden war.

Während sie begeistert den Blick über die Stücke schweifen ließ, wühlten Silke und Tarek in den Glasstäben, zogen einzelne hervor, hielten sie ins Licht und verwarfen sie wieder. Sie schienen eine wortlose Diskussion zu führen, ein Blick, allenfalls ein Kopfschütteln reichte, um einen Stab wieder wegzulegen. Es dauerte eine ganze

Weile, bis sie drei Stäbe zusammen hatten. Tarek wandte sich Cat zu.

»Komm mal rüber, Cat.«

Widerstrebend wandte sie den Figuren den Rücken zu und ging zu den beiden rüber. Tarek packte sie an den Schultern und drehte sie sanft, sodass sie direkt unter der Deckenleuchte stand. Silke hielt die drei Glasstäbe hoch. Beide sahen so konzentriert aus, dass Cat spürte, wie ein Kichern aus ihrem Bauch an die Oberfläche blubbern wollte, doch sie unterdrückte es. Wenn sie das so ernst nahmen, sollte sie sie vermutlich nicht verärgern.

Sie sah auf die Stäbe in Silkes Hand und erstarrte. Einer davon war so blitzeblau wie die Augen ihrer Mutter, einer so grün-braun wie die haselnussfarbenen Augen ihres Vaters und einer stahlgrau, ganz wie ihre eigenen Augen. Woher wusste Silke das? Sie blickte zwischen den Stäben und den beiden Ka'rim'nar hin und her – deren Blicke wanderten immer wieder von dem Glas in Silkes Hand zu Cats Gesicht und zurück.

»Was genau passiert hier gerade?«, fragte Cat stockend.

»Wir suchen die richtige Farbe«, antwortete Silke abwesend.

»Woher wisst ihr, welches die richtige Farbe ist?«

»Sie schwingt im Gespinst auf die gleiche Art und Weise wie du. Kannst du jetzt mal still sein? Das ist gar nicht so einfach.« Silke sah Tarek an. Der nickte, und sie legte die drei ausgewählten Stäbe auf dem Tisch ab. Dann drehte Tarek Cat erneut an den Schultern herum, sodass sie ihm ins Gesicht sehen musste.

»Setz dich mal dahin, Cat.« Er setzte sich neben sie und drehte den Brenner vor ihnen hoch. Dann drückte er ihr wahllos zwei Glasstäbe in die Hand und reichte ihr eine Schutzbrille.

»Schau zu, ja?« Er hielt das Ende zweier dickerer Stäbe in die Flamme, bis sie hell glühten. Dann drückte er die beiden Enden aneinander und begann, das verflüssigte Glas ineinander zu verdrehen. Anschließend löste er über der Flamme einen der beiden Stäbe, sodass die dicke Glasmasse nur noch an einem hing. Diesen drehte er weiter vorsichtig über der Flamme, bis sich eine stabile Kugel gebildet hatte.

Immer weiter entfernte er diese Kugel von der Flamme, dann hob er den Stab ganz heraus und drehte die Kugel stattdessen in einer Metallform, bis sie perfekt rund war. Silke war währenddessen kurz nach draußen getreten und kam nun mit einem wassergefüllten Blecheimer wieder herein.

»Sie können das Glas nicht einfach in Wasser abkühlen«, ahmte sie die Stimme ihrer Gastgeberin näselnd nach. *»Das springt dann. Das muss in einen Spezialofen und dort mindestens zwölf Stunden temperiert werden.* Meine Fresse, was für eine Schnepfe. Seid ihr soweit?«

»Immer langsam mit den jungen Pferden, Tantchen. Ich zeig dem Küken gerade, wie das hier funktioniert.«

»Vielleicht solltest du dich damit mal ein bisschen beeilen«, fauchte Silke.

Tarek sah sie genervt an, bedeutete Cat aber dann, die beiden Stäbe, die er ihr in die Hand gedrückt hatte, in die Flamme zu halten. Cat gehorchte und stellte überrascht fest, dass das Glas, das am Ende weiß glühte, dort, wo ihre Hände es hielten, ganz kühl blieb. Sie schmolz beide Stäbe an, doch das Verdrehen, das bei Tarek so einfach ausgesehen hatte, gelang ihr ganz und gar nicht. Statt einer perfekten Kugel sah ihre Glasmasse eher nach einem zertretenen Hasenköttel aus.

Hilflos sah sie zu Tarek hinüber, der grinste, aufstand und sich hinter ihr auf den Stuhl schob. Seine Arme griffen von hinten um sie herum, nahmen ihre Hände und führten sie. Sie spürte seine Wärme in ihrem Rücken, roch seinen warmen, holzigen Duft und wünschte sich nichts mehr, als sich nach hinten sinken zu lassen, doch ihre innere Stimme schrie wütend auf.

Cat drückte ihren Rücken kerzengerade durch und rückte von ihm ab. Er kicherte, sein Atem traf warm ihren Nacken. Wenn sie jetzt versuchen würde, das Glas hinzuwerfen und aufzustehen, würde er das zulassen? Oder würde er sie einfach festhalten und sie zwingen, zu tun, was getan werden musste? Cat war sich ganz und gar nicht sicher.

»Es ist deine freie Entscheidung, Cat Munroe«, flüsterte er, als ob er ihre Gedanken gelesen hätte. »Du musst es freiwillig tun.«

Wollte sie das? War es das wirklich wert? Mrs WJ hatte ihr erklärt, was sie zu tun hatte, und auch, was die Konsequenzen waren, und in der Theorie hatte es gar nicht so schwierig geklungen. Silke und Tarek waren beide so ernst, als ob die Welt von diesem Glas abhängen würde. *Das tut sie doch auch, Cat,* dachte sie. *Wenn alles so läuft, wie wir das hoffen, wird es diese Murmel sein, die die Leere aufhält. No pressure.*

Sie dachte an Nadja, gefangen zwischen all den Schläuchen und piependen Maschinen, und daran, wie es wohl sein mochte, Marc so sehen zu müssen oder ihre Eltern. Also nickte sie stumm.

Tarek, der von ihr abgerückt war, griff wieder nach vorne und führte ihre Hände, bis sie eine perfekte gelb-rote Murmel geformt hatte. Die legte er dann mithilfe des Glasstabes achtlos zur Seite, nahm die nächsten Stäbe und begann von Neuem. Sie formten drei weitere Murmeln, bis er nickte und aufstand.

»Du bist soweit.«

Silke, die darauf gewartet zu haben schien, trat an den Tisch und stellte den Eimer neben Cat. Dann nahm sie ein kleines, gekrümmtes Messer vom Tisch, schnitt sich unter dem Daumen in den Handballen und ließ ein wenig ihres hervorquellenden Blutes in das klare Wasser tropfen. Anschließend reichte sie das Messer an Tarek weiter, der sie grinsend beobachtet hatte.

»Ich werde nie verstehen, warum man sich ausgerechnet in die Hand schneiden muss«, sagte er spöttisch. »Tut sauweh und heilt beschissen.« Er setzte den Schnitt an der Oberseite des linken Unterarms, ein paar Zentimeter vom Handgelenk entfernt an und blutete ebenfalls in den Eimer. Dann reichte er Cat das Messer. Sie sah ihn entgeistert an.

»Ihr wollt, dass ich mich schneide?« Beide nickten. »Echt jetzt?«

»Mädchen, du willst dich der Leere entgegenstellen und hast Bammel, dir ein bisschen den Pelz aufzuritzen?« Tareks Augen funkelten spöttisch.

Cat sah ihn böse an, packte das Messer und schnitt sich ebenfalls in den Unterarm. Auch ihr Blut tropfte in den Eimer. Silke, die sich an einem hölzernen Schrank in der Ecke zu schaffen gemacht hatte, kam mit einem kleinen Erste-Hilfe-Kasten und reichte jedem ein Pflaster.

»Und jetzt?«, flüsterte Cat. Als sie dabei zusah, wie ihr Blut in kleinen roten Tropfen auf die Oberfläche des Wassers traf, kam es ihr vor, als hätte sie sich ihrer Mission nun voll und ganz verpflichtet. Kein Rückzug mehr möglich, sie steckte mittendrin.

»Jetzt machst du deine Murmel, Kleines«, murmelte Tarek. Cat sah verwirrt zu ihm hoch, seine Stimme hatte so weich geklungen, beinahe zärtlich. Er lächelte. Ob er wohl von dem Geheimnis wusste, das Mrs WJ ihr offenbart hatte?

Cat setzte sich gerade hin und nahm zwei der drei Stäbe zur Hand. Silke trat vor und sagte: »Nein. Alle drei. Die Farben müssen stimmen.«

Cat sah sie über die Schulter hinweg an. »Wenn das so wichtig ist, wie hast du das bei Nadjas Murmel gemacht?«

Silke wich zurück, als hätte Cat sie geschlagen. »Ich musste improvisieren. Du nicht. Also mach es richtig.«

»Aber wie?« Cat hasste es, dass ihre Stimme so kläglich klang. »Ich hab nur zwei Hände!«

»Ich leih dir eine von meinen«, sagte Tarek und schob sich wieder hinter ihr auf den Stuhl. »Zusammen schaffen wir das.«

»Dein Wort in Gottes Gehörgang«, murmelte Cat, reichte ihm aber den übrig gebliebenen Stab und nahm die anderen beiden zur Hand.

Während das Glas schmolz, nahm es nach und nach ihre ganze Wahrnehmung gefangen. Die Welt reduzierte sich auf das Zischen des Gases, das Flackern der Flammen, das glühende Glas, das sich ihrem Willen beugen musste. Alles andere verschwand.

Sie bekam kaum mit, wie Silke sich gebannt immer weiter vorbeugte, wie Tarek die freie Hand auf ihre Hüfte legte, wie die gläsernen Stäbe auf der Werkbank zu zittern begannen, weil die ganze Welt zu zittern schien. Cat sah nur noch Flamme und Glut und war in diesem Augenblick ganz bei sich.

Bei einem Besuch bei ihrem Dad in Cupertino hatte er sie mit in ein Spa genommen, wo sie anderthalb Stunden in einem Floating Tank in gesättigter Salzlösung getrieben hatten, in völliger Dunkelheit und Stille, getrennt von allen Sinnen. Da war sie ähnlich fokussiert auf sich selbst gewesen, kein Impuls hatte sie von dem abgelenkt, was in ihrem Kopf vorging. Genau das geschah auch jetzt: nur Cat und das glühende Glas, das ihre Murmel werden würde.

Sie drehte die verschiedenfarbigen Gläser ineinander, das blaue und das braun-grüne, verwirbelte sanft die Farben. Sie wusste genau, wann der Moment gekommen war, den stahlgrauen Stab ins Spiel zu bringen, und sie brauchte nichts zu sagen – Tarek hatte den Moment ebenfalls erkannt und bot ihr das weiß glühende Ende seines Stabes an. Sie zog das graue Glas um die Wirbel, füllte die Biegungen damit aus und formte die Kugel – die Kugel, die sie war, ganz und gar sie, geformt aus dem, was Mutter und Vater ihr mitgegeben hatten und dem, was daraus neu entstanden war: Catherine Jocelyn Victoria Munroe.

Cats Verstand projizierte ihr Spiegelbild in das Glühen der Kugel, sie sah die braunen Locken, die wild um ihren Kopf tanzten, das Funkeln in ihren grauen Augen, die von der Form so sehr denen ihrer Mutter glichen. Sie sah das breite Lächeln, das ihrem Vater wie aus dem Gesicht geschnitten war, und das etwas zu spitze Kinn, genau wie bei Gran. Sie sah das rechte Ohr, das ein wenig weiter abstand als das linke, so wie es bei Onkel Fred gewesen und bei Onkel Brian bis heute war, die vereinzelten Sommersprossen, die kleine Narbe in ihrer linken Augenbraue. Sie sah all die Details, die ihr niemals wirklich bewusst geworden waren und doch jetzt ihr Universum ganz ausfüllten.

Sie *war,* o Himmel, sie war, ganz und gar und vollständig, ein lebender, atmender Ball, angefüllt mit den Leben all derer, die vor ihr gewesen waren.

Wie aus weiter Ferne hörte sie Tarek sagen: »Sie verliert sich. Ich werde ihr helfen müssen.«

Seine Hände legten sich wieder um die ihren und drehten mit ihr gemeinsam die Murmel in der kleiner werdenden Flamme. Mit einem Mal bemerkte Cat, dass sie dabei gewesen war, sich zu verirren. Sie folgte dem Lied, das Tareks Drehungen für sie sangen, als könne sie die Farben innerhalb der Kugel *hören*. Mehr noch, sie konnte die Gefühle im Raum *schmecken:* Silkes gierige Verzweiflung, Tareks zärtliche Anteilnahme, ihre eigene, überbordende Liebe für das, was sie selbst war.

Soll man sich selbst so sehr lieben?, dachte sie und spürte die Antwort in ihren Knochen vibrieren: *Man muss sogar*. Sie erinnerte sich an die Legende von Narziss, die Gran ihr erzählt hatte, und fragte sich, ob der arme Kerl auch versucht hatte, eine Murmel zu schaffen. Die Erinnerung versuchte, sie zurück in die Windungen der Kugel zu ziehen, doch dann füllte Nadjas Gesicht ihren Geist aus und das gab ihr die Kraft, die abkühlende Kugel aus der Flamme zu reißen und samt dem Stab in den Wassereimer zu werfen.

Mit einem lauten Zischen und einem heftigen Knall verschwand die Kugel im augenblicklich blubbernden Wasser, das scharf nach Kupfer und Ozon roch. Cat kam es so vor, als wären es die Geräusche einer Explosion, die sie in Fetzen rissen, ihr Ich zerschmetterten und nichts von ihr übrig ließen. Sie war sich sicher, dass die Kugel zerbrochen war. Tränen schossen ihr in die Augen, sie krümmte sich wie im Schmerz. Tarek schloss die Arme um sie und sie drückte ihr Gesicht an seine Brust, suchte Trost in seiner Nähe und weinte.

Er streichelte ihr Haar und machte beruhigende Geräusche, doch sie konnte sich nicht beruhigen – die Kugel war zerbrochen, Cat war zerbrochen, zersplittert, zerstört. Irgendwann, es schien ihr eine Ewigkeit gedauert zu haben, begriff sie, dass Tareks beruhigende Geräusche Worte waren. Es fiel ihr schwer, sich darauf zu konzentrieren, aber sie bemühte sich, und als es ihr schließlich gelang, zu verstehen, war sie zutiefst verwirrt.

»Das hast du gut gemacht, Kleines, großartig, was für eine wundervolle Murmel du geschaffen hast«, murmelte er in ihr Haar.

»W… Was?«, keuchte sie und schaute auf. Mit verheulten Augen und triefender Rotznase sah sie ihn verstört an. »Aber sie ist doch zerbrochen!«

Er lachte sanft, griff in seine Tasche und zog ein Taschentuch hervor, mit dem er ihr die Nase abwischte. Cat war derart verwirrt, dass sie sich nicht wehrte. »Dummerchen, warum sollte sie denn zerbrochen sein?«

»Aber … der Knall!«

»Du hast glühendes Glas in kaltes Wasser geworfen. Natürlich knallt das!« Er lächelte immer noch und strich mit seinen Fingern über ihr Gesicht. Ihr wurde bewusst, dass er sie an sich gedrückt hielt und die Intimität der streichelnden Hände war ihr zu viel. Sie wich von ihm ab und er verzog das Gesicht, ließ sie aber gehen.

»Schau selbst nach«, sagte er.

Als Cat mit der Hand ins Wasser greifen wollte, hielt Silke sie auf. »Nimm das«, sagte sie und hielt ihr eine Art Schaumlöffel hin. Cat fischte im Eimer und fand die Murmel – eine perfekte Kugel, die auf den ersten Blick grau wirkte. Erst, wenn man sie ins Licht hielt, sah man das zauberschöne Muster aus Blau und Grün, das sich darin verbarg – und goldene Sprenkel, von denen Cat keine Ahnung hatte, wie sie dahin gekommen waren.

Sie war wunderschön.

KA'RIM'NAR

Tarek sah sie misstrauisch an. »Geht's dir wieder gut?«

Cat blinzelte verwirrt. »Wieso denn wieder? Ja, alles klar.«

Silke schnaubte verächtlich. »Du hättest dich beinahe im Labyrinth deiner eigenen Murmel verirrt, Kind. Tarek hat dich rausholen müssen.«

»Aber … wie kann das sein?«, fragte Cat und sah Tarek hilfesuchend an. Er drückte sie sanft, bevor er antwortete.

»Die Ka'rim'nar formen die Murmeln immer nur für ihre Kinder, nie für sich selbst. Eine Kugel, in die man zu viel von sich selbst hineinlegt, kann zur Falle werden.«

»Könnt ihr das alle? Mrs WJ sagte, ihr pflanzt euch eigentlich nicht oft fort«, Cat spürte, wie ihr die Röte in die Wangen stieg, »müsst ihr das trotzdem lernen?«

»Ja«, sagten Silke und Tarek wie aus einem Mund.

»Jeder Ka'rim'nar«, fuhr Tarek fort, »lernt, wie man die Ka'rim'dajak herstellt, auf jede nur erdenkliche Art.« Er nickte Silke anerkennend zu, die das Kompliment mit einem kurzen Lächeln annahm. »Es hat sich sehr seltsam angefühlt, einem Menschen dabei zuzusehen«, fügte er hinzu.

»Ka'rim'dajak?«, fragte Cat.

»Kerker des Ka«, sagte Silke ruhig. »Wie Tarek schon sagte, kaum jemand spricht noch die alte Sprache. Können wir jetzt los?«

Als sie aus dem düsteren Vorraum der Scheune nach draußen traten, brauchten alle drei einen Augenblick, um sich an das helle Licht zu gewöhnen. Deshalb traf der Schlag Tarek unerwartet und direkt aufs Kinn. Als er nach hinten stolperte, erwischte er Cat mit einem rudernden Arm und schubste sie zurück in die Scheune. Sie konnte nicht erkennen, was mit Silke passierte, hörte sie aber gotteslästerlich fluchen und kurz darauf die Geräusche eines Handgemenges. Panisch sah Cat sich um, aber nichts in ihrer unmittelbaren Nähe war als Waffe zu gebrauchen. Zumal sie ja auch gar nicht wusste, wer oder was da draußen auf sie wartete.

Sie hörte das heftige Klatschen eines Schlages und dann Tarek brüllen: »Verdammt noch mal, lass mich los, du Arschloch!«

Hastig trat sie zwischen die Statuen und verbarg sich im Halbdunkel. Von draußen erklangen weiterhin Gefluche und Geschimpfe und dazu die unverkennbaren Klänge einer handfesten Rauferei. Dann wurde es still. Kurz danach erschien ein großer Schemen in der Tür der Scheune. Cat machte sich so klein wie irgend möglich und hoffte, dass die Schatten der Statuen ausreichten, um sie zu verbergen.

»Cat? Komm raus, Kind. Wir müssen mit euch reden.«

Eine männliche Stimme, die sie nicht kannte. Cat spürte, wie ihr vor lauter Angst der Schweiß ausbrach und hoffte inständig, dass, wer immer da auch gerade nach ihr suchte, sie nicht riechen konnte.

»Mädchen! Komm schon raus. Du willst doch nicht, dass wir deinen Freunden wehtun müssen, oder?«

Wer zur Hölle war das bloß? Die Leere würde ja wohl kaum verhandeln wollen, oder? Cat lauschte aufmerksam, doch entweder war der Typ an der Tür stehen geblieben oder er bewegte sich leise wie eine Raubkatze. Anstelle von Schritten hörte sie allerdings gedämpftes Gemurmel von draußen.

»Ist mir doch egal, ob die Angst vor mir hat. Die soll rauskommen, damit wir das hier hinter uns bringen können.« Der Typ.

Eine anscheinend weibliche Stimme antwortete. Cat konnte nicht verstehen, was sie sagte, aber es klang wütend.

»Ja, dann mach deinen Scheiß doch alleine!«, maulte der Typ. Schritte, er schien die Scheune zu verlassen. Vorsichtig lugte sie um eine der Statuen herum, ohne ihr Versteck aufzugeben. Durch die Tür trat nun eine Frau, klein, sehr dick, mit langen blonden Haaren und seltsamen Hippie-Klamotten. Sie trug eine Art Pluderhose in schreiend-bunten Farben und darüber eine weite Bluse, deren Saum ebenfalls bunt bestickt war.

»Cat? Hör mal, Cat, wir wollen nur mit euch reden. Bitte komm raus. Das führt doch so zu nix. Wir haben keine Lust, die ganze Scheune zu durchsuchen.«

Tja, Mexican standoff, bitch, dachte Cat und hörte im Kopf die Stimme ihrer Mutter: »Keine solchen Ausdrücke, junge Dame! Wir sind hier nicht im Wilden Westen.«

»Aber weißt du, während wir hier unsere Zeit vergeuden, macht die Leere weiter Jagd auf uns«, fuhr die blonde Frau fort. »Wir sollten das hier wirklich schnell hinter uns bringen.«

»Hör nicht auf sie!«, brüllte Tarek von draußen. Der Satz ging in einem furchterregenden Gurgeln unter.

Vor ihrem inneren Auge konnte Cat sehen, wie der Typ Tarek eine Faust in den Magen rammte. Leise und vorsichtig zog sie sich weiter in das Gewirr der Statuen zurück. Sie musste hier raus und Tarek und Silke befreien. Aber wie?

Peinlich darauf achtend, dass die Frau sie vom Eingang der Scheune aus nicht sehen konnte, blickte Cat sich um. Die in das Tor eingelassene Tür vorne hatte ein kleines Fenster aus Glas. Wenn man beim Umbau der Scheune überall die gleichen Türen verwendet hatte, müsste eine weitere Tür durch einfallendes Licht zu erkennen sein. *Hätte, hätte, Fahrradkette,* klang Nadjas Stimme in ihrem Kopf, aber eine bessere Idee schien sie auch nicht zu haben.

Auf der linken Seite war es etwas heller als rechts. Einen Versuch war es allemal wert. Cat ging auf alle viere und kroch wie in Zeitlupe über den festgetretenen Scheunenboden, schlängelte sich um die Statuen und gab sich alle Mühe, bloß kein Geräusch zu verursachen. Die blonde Frau hatte derweil nahezu ununterbrochen weitergeredet – *Zum Glück,* dachte Cat, *sonst hätte die blöde Kuh mich bestimmt gehört.* Sie erreichte die linke Seitenwand der Scheune und tatsächlich: Im hinteren Bereich gab es eine Tür.

Der Weg dorthin war mit Statuen vollgestellt, es bestand also das Risiko, dass sie verschlossen war, aber darum würde Cat sich Gedanken machen, wenn es so weit war. Sie wollte sich schon aufrichten und nach der Klinke greifen, als ihr klar wurde, dass die Frau auf jeden Fall sehen würde, wenn sie die Tür öffnete. Aber ihr fiel nicht ein, wie sie das würde verhindern können.

Überhaupt, was sollte sie machen, sobald sie draußen war? Cat dachte fieberhaft nach. Onkel Brians Stimme erklang in ihrem Kopf. *Wir haben Mr. Millers Riesenbullen auf sie gehetzt.* Einen Riesenbullen hatte sie nicht zur Verfügung, aber sie konnte sich gut daran erinnern, dass sie als Kind eine Heidenangst vor den Gänsen von Grans Nachbarin gehabt hatte. Die Biester konnten fies zubeißen. Und wenn sie sich nicht irrte, lag das Gehege mit den Gänsen genau neben der Scheune. Sie musste nur schnell genug sein.

Von draußen erklang ein seltsam dumpfer Knall, gefolgt von einer Menge Geschrei und Gejohle. Die Blonde rannte los, vermutlich, um nachzusehen. Cat nutzte die Chance, griff nach der Klinke, riss ihre Tür auf, sprang hindurch und schloss sie so schnell und leise wie möglich hinter sich. Dann rannte sie geduckt zum umzäunten Stück Wiese mit den Gänsen darauf, das tatsächlich nur wenige Schritte entfernt lag.

Das Gatter war nur mit einem kleinen Schiebehebel gesichert und zum Glück nicht abgeschlossen. Cat öffnete es vorsichtig, doch die Gänse schienen kein großes Interesse an Freiheit zu haben. Panisch sah sie sich um – *kam da jemand um die Ecke?* – und ihr Blick fiel auf ein Regal, das neben der Tür an der Scheunenwand stand. Darauf lagerten mehrere Eimer, Blumentöpfe und kleinere Gartengeräte. Und eine blaue Plastikkiste, auf die jemand mit Edding groß das Wort »Futter« geschrieben hatte.

Cat ging leise zurück zur Scheune, öffnete die Kiste, die zu unhandlich war, um sie im Ganzen mitzunehmen, und stopfte sich die Hosentaschen mit Körnern voll. Dann hob sie ihr Unterhemd am Bauch an, um einen Beutel zu formen, und kippte dort noch weitere Körner hinein. Mit ihrer Beute schlich sie zur Ecke der Scheune und lugte vorsichtig darum.

Drei Männer, von denen zwei Silke und Tarek festhielten, und zwei Frauen, eine davon die Blonde, die jetzt direkt in der Tür zur Scheune stand.

Wie sollte sie denn bitte gegen fünf Erwachsene ankommen? Ihre einzige Chance lag darin, genug Verwirrung zu stiften, dass Tarek und Silke freikamen und sie es dann vielleicht zu dritt zum Wagen schaffen würden.

Sie ging zurück zum Gehege der Gänse und warf den Tieren ein paar Körner hin. Die schnatterten aufgeregt, nahmen das dargebotene Futter gerne an und folgten ihr auf der Suche nach mehr. Cat warf immer wieder eine Handvoll vor sich und ging langsam rückwärts auf die Scheune zu. Dann führte sie ihre Schar bis zur Ecke, drückte sich an der Wand entlang hinter die Tiere und schrie sie dann wild mit den Armen wedelnd an. Wie erwartet, versetzte das die Gänse in Aufruhr. Cat, die nur inständig hoffen konnte, dass die Biester ihren Zorn nicht an ihr auslassen würden, scheuchte die schnatternde Horde auf die Angreifer.

Im darauffolgenden Chaos konnte sie nicht erkennen, was genau passierte, aber sie sah, wie Tarek auf sein Auto zu rannte. Silke folgte ihm eilig, also rannte Cat ebenfalls los, sah, wie einer der Männer ihr den Weg abschneiden wollte, und schlug einen Haken, um ihm auszuweichen. Die dunkelhaarige Frau griff nach ihrem Arm, aber Cat riss sich heftig los und versetzte ihr einen Stoß, der sie zu Boden schickte. Sie konnte hören, wie das Auto gestartet wurde und betete, dass Tarek sie nicht zurückließ. Zum Glück dachte der gar nicht daran, sondern fuhr im

Gegenteil auf sie zu und riss dann das Lenkrad herum, sodass sie durch die Seitentür, die Silke geöffnet hatte, hineinspringen konnte.

Wir sind das A-Team, dachte sie, dann schlug sie sich durch den Schwung die Schulter an der Sitzbank an, zog die Beine zu sich und Silke warf die Tür wieder zu. Tarek brüllte: »Festhalten!«, dann trat er aufs Gas.

Cat, die sich mühsam aufrappelte, sah durch die Frontscheibe, wie sie zwischen den Scheunen hindurch auf den Gemüsegarten zu bretterten. Tomaten- und Bohnenstäbe flogen ebenso durch die Luft wie ganze Kohlköpfe. Tarek schlug einen Bogen, lenkte den Bus wieder auf den asphaltierten Weg und drückte aufs Gas.

»Wer zum Teufel war das denn?«, fragte Cat atemlos.

»Ka'rim'nar, die wohl mit der Entscheidung der Ältesten nicht einverstanden waren«, antwortete Tarek knapp.

Silke, deren Oberlippe geschwollen war, schnaubte. »Die haben uns gerade noch gefehlt.«

»Das heißt, wir stehen jetzt gegen die Leere, meine Familie und einen nicht unbeträchtlichen Teil eurer Sippe?«, fragte Cat. Sie hasste sich für das Zittern in ihrer Stimme und die Tränen, die in ihre Augen schossen.

»Keiner hat gesagt, die Welt zu retten wäre leicht, Kleines«, sagte Tarek sehr leise.

»Und was machen wir jetzt?«

»Wir fahren zurück in die Stadt. Und dann suchen wir uns den richtigen Ort.«

»Den richtigen Ort für was?«, fragte Cat.

Es war Silke, die antwortete. »Den richtigen Ort, um die Leere zu uns zu locken und diese ganze Scheiße hier zu beenden.« Sie drehte sich zu Cat herum und die erschrak über die Kälte in Silkes Blick. »Wir holen mein kleines Mädchen zurück und treten den Ka'rim'char von unserem Planeten.«

»Preach, sister«, murmelte Tarek und Cat seufzte.

In der Stadt angekommen fuhr Tarek die einzige Burgerbude an, die über einen Drive in verfügte, und bestellte eine Menge an Fast Food, mit der man nach Cats Meinung eine kleine Armee hätte verpflegen können. Dann parkte er in einer schmalen Seitenstraße, stieg aus, zog die hintere Schiebetür auf und setzte sich zu Cat. Silke folgte seinem Beispiel und half tatkräftig dabei, die braunen Papiertüten voll fettigen Essens auszupacken. Beide aßen mit Appetit, während Cat nur ein paar Pommes naschte. Ihr war nicht wirklich nach Nahrung zumute. Tarek sah sie vorwurfsvoll an.

»Du musst essen«, sagte er sachlich. »Es bringt niemandem was, wenn du zusammenklappst.« Er hielt ihr einen Burger vor die Nase. Cat griff zögerlich zu, doch mit dem ersten Bissen kam der Hunger.

»Ist dir klar, wie ungesund das Zeug ist?«, fragte sie kauend. »Mum sagt, wer den Scheiß regelmäßig isst, braucht sich nicht zu wundern, wenn er mit vierzig einen Herzinfarkt bekommt.«

Tarek grinste. »Darum brauchen wir uns keine Sorgen zu machen, Kleines. Herzinfarkte sind nur für Menschen.«

Cat sah ihn kauend an. Sobald ihr Mund leer war, fragte sie: »Also könnt ihr auch rauchen? Und saufen und Drogen nehmen und so was?«

Silke und Tarek nickten.

»Und wenn ihr irgendwas richtig Giftiges zu euch nehmt? Bleiche trinkt oder so?«

»Dann geht's uns vermutlich 'ne ganze Weile echt übel«, sagte Tarek. »Aber wir sterben nicht daran. Es ist fast unmöglich, einen der unseren zu töten, solange seine Murmel noch intakt ist.«

»Aber wenn die Murmel zerbricht …«

»Dann sind wir sterblich. Immer noch ziemlich stabil, und wie man an deiner Mrs WJ sieht, altern wir auch dann sehr langsam, aber sterblich«, erklärte er.

»Spannend«, sagte Cat. »Muss cool sein, wenn man tun und lassen kann, was man will, ohne sich Sorgen machen zu müssen. Als Mensch musst du ja dauernd aufpassen. Rauchen verursacht Krebs, Saufen bringt einen auch um und wenn man nicht aufpasst, fängt man sich AIDS oder so was ein. Leben ist ganz schön gefährlich.«

Tarek und Silke sahen sich an. Dann nickte sie unmerklich und er sagte leise: »Du weißt, dass, wenn wir das überleben sollten …« Er verstummte, schluckte und setzte dann noch mal an: »Wenn wir das überleben sollten, kannst du eine von uns sein. Das ist dir klar, oder? Du hast eine Murmel geschaffen, du kannst eine zweite formen.«

Cat schüttelte entsetzt den Kopf. »Nein. Nein, danke, aber nein. Das möchte ich nicht. Wenn wir das überleben … dann will ich Mensch sein. Ganz und gar.«

Silke nickte, aber Tarek sah enttäuscht aus. Cat fragte sich, warum, kam aber zu dem Schluss, dass sie es gar nicht so genau wissen wollte. Sie würde kein Ersatz für seine Tasha sein können und wollte das auch gar nicht. Nein, wenn das hier vorbei war, wollte sie mit Marc ins

Kino gehen. Und Eis essen, Rollschuh laufen, was auch immer, völlig egal. Hauptsache, es war echt. Menschlich. Lebendig. Sie schüttelte den Kopf.

»Was für eine Art Ort brauchen wir?«, fragte sie.

»Nicht zu weit weg von der Stadt. Wir wissen, dass der Ka'rim'char ein Auto hat, weil er deine Freundin in einem weggebracht hat, aber wir wissen nicht, wie weit er die Verlockung spüren kann.«

Cat sah ihn an. »Das hab ich eh noch nicht verstanden. Wie funktioniert das mit dem Anlocken?«

Silke antwortete für ihn. »Wenn du deine Murmel füllst, so wie Mrs WJ dir das erklärt hat, wird das ein jeder, der das Gespinst spüren kann, merken. Während ich nur vorsichtig daran gezupft habe, um Tareks Aufmerksamkeit zu erregen, wirst du quasi die Blaskapelle geben.«

»Hat er Nadja so gefunden?«, fragte Cat.

Silke erstarrte und antwortete dann mit leiser Stimme: »Ich gehe davon aus.«

»Sie hätten das nicht ahnen können.« Cat legte ihre Hand auf Silkes Schulter und drückte sanft zu. »Es ist nicht Ihre Schuld.«

»Es fühlt sich aber so an«, antwortete Silke, doch sie schob Cats Hand nicht weg.

Tarek räusperte sich. »Zurück zum Thema. Nicht allzu weit weg von der Stadt, aber möglichst weit weg von anderen Menschen. Wir wollen ja keine unerwünschte Aufmerksamkeit, nicht wahr? Hoch gelegen wär gut, das sollte ihm die Lokalisierung erleichtern.«

»An Bergen herrscht hier ja kein Mangel, hoch gelegen ist das kleinste Problem. Hoch- und abgelegen, das ist ein bisschen schwieriger«, antwortete Cat. »Aber ich glaube, ich hab eine Idee. Hast du eine Karte?«

Tarek wühlte im Chaos seiner Seitentaschen und zog schließlich eine arg lädierte, aber lesbare Straßenkarte heraus, die er zwischen ihnen ausbreitete. Cat orientierte sich kurz, suchte und zeigte dann mit ihrem Finger auf die Stelle, die sie meinte.

»Hier. Der Schwarzenbergwald. Da wohnt kein Mensch im Umkreis von was weiß ich wie vielen Kilometern und es gibt einen Aussichtsturm.«

Silke schluckte. »Dort war ich mit Nadja.«

Tarek nickte. »Am Turm selbst steigen um diese Zeit manchmal Partys, da würd ich von wegbleiben. Aber ganz in der Nähe ist noch eine Anhöhe mit einer Lichtung, mitten im Wald. Ist ein bisschen stressig, dahin zu kommen, aber das kommt uns ja ganz gut zupass, nicht wahr?«

»Und wann?« Silkes Stimme klang gepresst. »Es wird bald dunkel.«

»Gut für uns«, sagte Tarek leichthin. »Weniger Spaziergänger. Wir fahren gleich hoch. Cat muss zur Ruhe kommen, bevor sie die Murmel füllen kann. Das ist in der Abgeschiedenheit dort einfacher.«

Cat lachte schief auf. »Zur Ruhe kommen? Das klingt gut.«

Er sah sie unerwartet ernst an. »Wir werden dir helfen. Versprochen.«

Sie fuhren auf einen der Wanderparkplätze in der Nähe der Uni und ließen den Wagen dort stehen. Cat hatte nicht den Hauch einer Ahnung, wie Tarek sich in dem dichten Wald orientieren konnte, aber sie folgte ihm vertrauensvoll. Allein wäre sie vermutlich nach dreißig Sekunden nur noch im Kreis herumgeirrt. Nach einer guten halben Stunde Fußmarsch führte er sie und Silke auf eine Lichtung. Die Sonne sank langsam und das Dämmerlicht fiel wie Honig durch die Bäume, deren kräftiger Duft nach

Sommer schwer in der Luft lag. Im hohen Gras blühten Wildblumen. Es war ein schöner Ort, fand Cat.

Tarek hatte aus dem hinteren Teil seines Busses eine Wolldecke herausgezogen und sie hier hinauf geschleppt, wo er sie jetzt ausbreitete. Silke rümpfte die Nase, packte aber mit an. Er ließ sich im Schneidersitz auf der Decke nieder und bedeutete Cat, es ihm gleichzutun.

Als sie saß, begann er mit leiser, sanfter Stimme zu sprechen: »Ich möchte, dass du mir gut zuhörst, Cat. Meine Stimme wird dich führen und du wirst ihr folgen. Du bist ganz entspannt, ganz ruhig und atmest ein und aus, ein und aus, ein und aus …«

Will der mich jetzt hypnotisieren, dachte Cat belustigt, doch sie konnte tatsächlich spüren, wie ihr Atem ruhiger und gleichmäßiger wurde. Entspannung breitete sich in ihr aus, ganz langsam, aber sehr angenehm.

Tarek hörte nicht auf zu reden, ununterbrochen plätscherte der Strom seiner Worte durch ihren Geist, sanft, aber nicht aufdringlich, wie eine Brise, die an einem heißen Tag Erfrischung bringt. Sie folgte seinem Lied in ihr Innerstes, genauso, wie sie ihm in der Scheune durch das Labyrinth nach draußen gefolgt war. Die Synchronität der Ereignisse entzückte sie.

Sie wusste nicht, wie viel Zeit vergangen war, als Silkes Stimme sie aus der Entspannung riss.

»Da kommt jemand!«

Einen Augenblick später sah sie, wie das Gras wild bebte, wunderte sich kurz, warum sie den Ankömmling nicht sehen konnte und musste dann lachen, als durch die Wildblumen hindurch Justus auf sie zustürmte.

»Justus! Wie kommst du denn hierher?«, fragte sie, während sie dem dicken Kater die Ohren streichelte. Ihm folgten die restlichen Katzen aus dem Hause Munroe, die sich gurrend und schnurrend um Cat tummelten. Justus stupste seinen Kopf gegen die Tasche, in der Cat ihre Murmel aufbewahrte, und Lovis tat es ihm gleich. Cat sah verwirrt zu Tarek hoch, der sie breit grinsend beobachtete.

»Katzen spüren das Gespinst, Cat. Sie fühlen selbst die kleinste Schwingung.«

»Aber wir sind so weit von unserem Haus entfernt!«, staunte Cat.

»Ein Katzensprung«, sagte Tarek lächelnd. »Zumindest für eine entschlossene Katze. Sie werden aber vermutlich nicht allein gekommen sein.« Er beugte sich vor und kraulte Kassy unterm Kinn, die sich das schnurrend gefallen ließ, obwohl sie sonst vor Fremden immer Reißaus nahm.

»Die Katzen sind nicht allein gekommen«, sagte Silke, die ihn nicht gehört zu haben schien. Tarek sprang auf und ging zu ihr, dann kam er zu Cat zurück.

»Cat, deine Eltern sind da. Und der Rest deiner Sippe auch.« Silke rief etwas, das Cat nicht verstand, und Tarek verzog das Gesicht. »Meine anscheinend auch. Wenn du das immer noch durchziehen willst …« Er ließ das Ende des Satzes in der Luft hängen. Cat nickte widerstrebend. »… dann musst du es jetzt tun. Bevor die sich da unten zerfleischen.« Er nahm sie an den Schultern und drückte sie sanft. »Du schaffst das, Cat. Ich glaube an dich.«

Erneut nickte Cat. In ihrer Kehle war kein Platz für Worte, so eng war sie. Tarek stand auf, hielt ihr die Hand hin und zog sie auf die Füße. Er küsste sie sanft auf die Stirn und wandte sich dann ab, um mit Silke zusammen die Anhöhe hinunter zu laufen.

Cat fühlte seine Lippen warm auf ihrer Stirn und ärgerte sich, dass sie ihm am liebsten hinterhergeschrien hätte, er solle sie nicht allein lassen. Dann sah sie ihm hinterher, sah, wie er und Silke mit ausgebreiteten Armen auf ihre Familie zu gingen, die den Berg hinaufgeeilt kam, und wie hinter ihnen die Ka'rim'nar aus der Dunkelheit des Waldes traten. Dann schüttelte sie sich, griff in ihre Tasche, sah noch einmal hinab zu ihren Katzen und musste lachen, als Justus sie auffordernd anstupste.

»Ja, Dicker. Recht hast du. Legen wir los.«

CATS MURMEL

Umringt von ihren Katzen stand Cat auf der Anhöhe. Der Wind plusterte ihre Locken auf, das Licht des vollen Mondes beleuchtete sie wie ein Scheinwerfer. Sie hielt die gläserne Murmel vor sich und betrachtete sie, als hätte sie sie noch nie gesehen. Ihre Wangen waren nass von Tränen.

Cat wandte sich um und ließ den Blick über ihre Familie schweifen. Sie lächelte sanft, in ihrem Blick lag Abschied.

Ihre Mum kämpfte gegen Tareks Arme an, die sie fest umklammerten. Ihre Stimme überschlug sich, als sie Cats Namen in die Nacht schrie. Billy brüllte, Onkel Brian versuchte, den Mann, der ihn festhielt, seinen Hinterkopf ins Gesicht zu rammen und Mrs WJ hing in den Armen ihres Häschers, als sei sie eine Marionette, deren Fäden durchgeschnitten worden waren. So viel Schmerz lag auf ihren Gesichtern und so viel Liebe. Cat atmete tief ein, bevor sie ihren Blick zurück zu ihrer Mum wandern ließ. Jenny schrie immer wieder ihren Namen, hilflos und lichterloh in Panik, aber sie verstummte, als Cat sie ansah.

»Ich liebe dich so sehr, Mum«, sagte Cat. »Ich liebe euch alle so sehr. Vergesst mich nicht.« Sie hatte leise gesprochen, doch der Wind trug ihre Worte nach unten.

Cat hoffte, dass sie verstanden. Sie hob die Murmel an ihre Lippen und begann zu flüstern. Ein sanftes Glühen lag zwischen ihrem Mund und dem Glas, das die Farben in der Tiefe aufleuchten ließ. Wie durch einen Schleier hörte sie ihre Familie nach ihr rufen, hörte, wie ihr Vater wilde Drohungen ausstieß, wie Onkel Brian vor Schmerz schrie, doch diese Geräusche schienen aus einer anderen Welt zu kommen.

Die Murmel in ihren Händen begann zu leuchten, als sie sie mit ihren Erinnerungen füllte – Daddy, der ihr Fahrrad festhielt, während sie lernte, die Balance zu halten. Mum, die ihr ein Pflaster auf ein aufgeschrammtes Knie klebte. Mrs WJ, die mit ihr Apfelkuchen backte. Onkel Brian, der ihr Bonbons zusteckte. Nadja, die ihre Hand hielt, als sie das erste Mal vom Dreier sprangen, gemeinsam, weil sie sich allein nicht getraut hatten. Mum, die sie zudeckte, Daddy, der aus dem Flugzeug stieg, Granny, die ihr eine Geschichte vorlas …

Bild um Bild zuckte ihr Leben an ihr vorbei, wie ein Film auf einer kaputten, ruckeligen Videokassette. Dinge, an die sie sich nicht mehr bewusst erinnern konnte,

Bilder, Düfte, Emotionen. All ihre Gefühle schwammen auf dem sanften Glühen in das Glas, jede Angst, die sie jemals verspürt hatte, jeder Schmerz, jede Unsicherheit, jedes Stückchen Glück.

So viele Gefühle! Cat war traurig, dies alles gehen zu sehen, also nahm sie die Traurigkeit und steckte auch sie in die Murmel. Sie gab ihr den Schmerz von dem Tag, an dem ihr Hund Brisket gestorben war, und die Freude über die beste Klassenarbeit in Deutsch. Die Angst aus der Zeit, in der ihre Eltern sich getrennt hatten und den Triumph aus dem Augenblick, als ihr erstes Referat zu Applaus in der Klasse geführt hatte.

All ihre Erinnerungen, all ihre Emotion wanderte in die kleine Kugel, die mittlerweile weithin sichtbar strahlte. Es hatte zu regnen begonnen und sie gab ihr den Duft nach Regen auf dem Gras, das Gefühl der Tropfen auf ihrer Haut.

Die Murmel löste sich von ihrer Hand und schwebte frei in der kühlen Luft, und Cat gab ihr das Erstaunen, das dieses Wunder in ihr auslöste.

Cat war sich sicher, schon ganz leer zu sein, der Murmel alles, wirklich alles gegeben zu haben, aber als sie aufsah und ihr Blick den ihrer Mutter traf, war ihr klar, was noch fehlte. Mit einem Schluchzen ließ sie auch die

Liebe in ihrem Herzen los, gab der Murmel ihr Vertrauen und ihre Geborgenheit, den Duft ihrer Mutter in der Nacht und die Wärme von Daddys Hand in ihrer. Dies schien eine Wunde in ihrem Innersten aufzureißen, die mehr schmerzte als alles andere, was sie bisher hatte ertragen müssen. Dieser Schmerz zwang sie in die Knie, was ihre Mutter erneut aufschreien ließ.

Cat stellte sich vor, wie sie für ihre Familie gerade aussehen musste – auf den Knien, die Arme zu der vor ihr schwebenden, strahlenden Murmel ausgestreckt, das Gesicht schmerzverzerrt – und diese Vorstellung tat ihr noch mehr weh. Sie wünschte sich nichts mehr, als diesen Schmerz enden zu lassen.

Sie wollte aufgeben, sich auf diesem Hügel im silbernen Mondlicht zusammenrollen und nichts mehr spüren, gar nichts. Doch dann würde die Leere gewinnen. Sie würde die Murmelleute – die Ka'rim'nar – holen, einen nach dem anderen. Sie würde Silke holen, so wie sie Nadja geholt hatte. Und dann, wenn keine Murmeln mehr da waren, würde sie anfangen, die Menschen zu holen, bis keiner mehr übrig war. Und mit den Tieren würde sie weitermachen, bis die ganze Erde ein lebloser Klumpen Dreck war, der in der Leere zwischen den Sternen durch das Nichts trieb.

Und dann würde die Leere einfach zur nächsten Welt weiterziehen und die ebenso leerfressen, weil es niemals genug war. Niemals genug.

Cat straffte ihren Rücken und richtete sich langsam auf. Justus war aus dem Kreis der Katzen ausgebrochen und zu ihr gekommen, sie spürte, wie er seine Stirn an ihrem Knie rieb. Sie dachte an Nadja, die im Koma lag, bar all ihrer Erinnerungen und Emotionen, getrennt von allem, was ihre Persönlichkeit jemals ausgemacht hatte. Sie erinnerte sich an die Wärme von Tareks Brust an ihrem Rücken und sein stolzes Lächeln, als sie die Kugel gefertigt hatte. Sie dachte an Marc, daran, wie seine Augen geleuchtet hatten nach diesem einen Kuss im Schlossgarten, und daran, dass es keine weiteren Küsse für sie geben würde. Nie mehr.

Dann ließ sie mit einem lauten Schrei alles los. Der funkelnde Nebel zwischen ihr und der Kugel verdichtete sich zu einem grellen Blitz, der die Nacht durchschnitt. Cat brach zusammen.

Als er seine Tochter fallen sah, rammte Billy dem Mann, der ihn festhielt, seinen Hinterkopf ins Gesicht. Befriedigt registrierte er das Knacken des brechenden Nasenbeins, dann riss er sich los und rannte, so schnell seine Beine ihn trugen, den Hügel hinauf.

»Lasst ihn!«, hörte er Silke rufen. »Lasst ihn laufen. Es ist vorbei.«

Hinter ihm kam Jenny angerannt, er hätte den Rhythmus, mit dem ihre Füße in den Schlamm platschten, selbst im Schlaf erkannt. Mrs WJ stieß hinter ihm ganz und gar undamenhafte Beschimpfungen aus und schien jemanden mit ihrer Handtasche zu verprügeln. Von Brian hörte er nichts als leises Weinen.

Billy fiel neben Cats leblos wirkendem Körper auf die Knie und zog sie in seine Arme. Seine Finger strichen panisch über ihr Gesicht und ihren Hals, suchten nach Atem, suchten nach Puls. Gnade ihnen Gott, wenn sie tot war. Gnade ihnen Gott, denn er würde es nicht tun.

Jenny stürzte neben ihn, griff nach Cats Hand und schrie panisch: »Lebt sie? Billy, lebt sie? Billy?«

Cats Augenlider flatterten. Billy spürte, wie ihm ein Stein vom Herzen fiel. Sie lebte!

Jenny hielt ihr Gesicht zwischen den Händen und flehte: »Cat, wach auf! Bitte, Honey, wach auf! Mummy ist da, ich bin ja da, Daddy ist auch da, wir sind zusammen. Hörst du Cat? Wir sind alle hier. Bitte, wach doch auf!«

Billy schob seinen Arm unter Cats Oberkörper und legte den anderen um Jenny. Seine Mädchen, beide in seinem Arm. Wie sehr hatte er sich das gewünscht. Aber doch nicht so! Der Regen prasselte auf sein Gesicht und spülte die Tränen fort.

Weder Billy noch Jenny bemerkten, dass Mrs WJ sich mit ihrem Stock und eisernem Willen den nassen Hügel hinauf gekämpft hatte und an ihnen vorbei auf die leuchtende Glaskugel zuging. Aus der Murmel war ein fast tennisballgroßer, strahlend heller Stern geworden.

Mrs WJ streckte vorsichtig die Hand danach aus. Sie rechnete jeden Augenblick damit, sich zu verbrennen oder von einem elektrischen Schlag nach hinten geworfen zu werden, doch nichts dergleichen geschah. Die Kugel fühlte sich in ihrer Hand immer noch nach Glas an, sie war noch nicht einmal schwerer als erwartet. Nur deutlich, deutlich heller und so warm, als läge Cats Hand in der ihren. Sie schloss die Finger darum und nahm die Murmel an sich. Dann warf sie einen letzten Blick auf Billy, Jenny und Cat.

Ihre kleine Familie, ihre Heilung.

Mrs WJ hatte nach dem schrecklichen Ende, das ihr Sohn genommen hatte, nicht damit gerechnet, sich in ihrem Leben noch einmal ganz fühlen zu dürfen, doch William Munroe hatte sie eines Besseren belehrt. Er war ihr zum Sohn geworden und seine Mutter hatte ihr das niemals geneidet, sondern sie wie selbstverständlich in den Kreis der Munroes aufgenommen.

Sie erinnerte sich daran, wie ihr bei der Hochzeit von Billy und Jenny das Herz vor Glück aufgegangen war und daran, wie ihr die Tränen über die Wangen gelaufen waren, als Billy ihr die kleine Catherine in den Arm gelegt hatte. Ebenso wie an den Abend, als William Munroe sturzbetrunken und verzweifelt in ihren Armen geweint hatte, weil sein beruflicher Ehrgeiz und seine Rücksichtslosigkeit gegenüber Jennys Träumen ihn seine Ehe gekostet hatten.

O ja, diese sind mein und ich bin die ihre, dachte sie. Dann nahm sie die Murmel und ging auf der anderen Seite den Hügel wieder hinunter. Die Katzen folgten ihr.

Im Gegensatz zu den Munroes hatte Silke sie sehr wohl beobachtet, ebenso wie der Rest der Ka’rim’nar. Doch Silke hielt jeden, der einschreiten wollte, mit strengem Blick davon ab. Sie ahnte, was die garstige Alte vorhatte und sie hoffte inständig, es möge ihr gelingen.

Billy hielt seine Frau und seine Tochter immer noch fest umklammert, als Cat sich zu regen begann. Besorgt blickte er von Jenny zu seiner Tochter und wieder zurück. Würden sie es ertragen können, dass Cat nun keinen Funken mehr hatte? Cat sah erst Jenny, dann ihn an. Mit ausdrucksloser Stimme fragte sie: »Wo ist meine Murmel?«

Silke war mit den Ka’rim‘nar langsam den Hügel hinaufgekommen, dicht gefolgt von Brian. Während der sich neben seiner Schwester und deren Familie auf den Boden sinken ließ, folgten die Ka’rim’nar Mrs WJ in respektvollem Abstand.

Die alte Frau war am Fuß des Hügels angekommen und von dort in Richtung Straße weitergewandert. Es wäre ein Leichtes gewesen, sie einzuholen, doch das lag gar nicht in ihrer Absicht. Sie hielten großzügig Abstand und formierten sich zu einem losen Halbkreis um sie herum. Als sie die Straße überquert hatte und sich dem kleinen Wald zuwandte, verzog Silke das Gesicht. Sie wusste, wo die alte Hexe hinwollte, sie hatte Nadja ja selbst dorthin geführt, doch der Weg würde nicht nur für sie unangenehm werden. Trotzdem hielt sie nicht inne, sondern ging stetig weiter.

Von den Ka'rim'nar war sie die Einzige, die es Mrs WJ gleichtat und die Treppe nahm. Der Rest kletterte mehr schlecht als recht durch das nasse Unterholz den Berg hinauf. Die alte Dame hatte ihren Stock fallen lassen und klammerte sich mit der rechten Hand am Geländer fest, während die linke den hellen Stern hochhielt, der Cat gewesen war. Silke war sich darüber im Klaren, dass jede Stufe der alten Frau Schmerzen zufügte und zu ihrer Verwunderung empfand sie Mitgefühl mit ihr. Sie dachte kurz darüber nach, ein wenig schneller zu gehen und ihr helfend den Arm zu reichen, aber sie ahnte, dass die Alte ihre Hilfe nicht eben freundlich ablehnen würde.

Mrs WJ hatte allen Grund, die Ka'rim'nar zu hassen. Und auch, wenn sie einen ganz ähnlichen Weg gegangen war, würde es vermutlich völlig ausreichen, dass sie ihre Murmel nicht aufgegeben hatte, um sie mit dem Rest der Mischpoke über einen Kamm zu scheren. Nein, sie würde ihre Geschwindigkeit eben an die der Alten anpassen und sie zumindest aufsammeln, wenn sie ausrutschte.

Unwillkürlich hatten sich ihre Schritte beschleunigt, der Abstand zwischen ihnen war geschmolzen wie Eis in der Sommersonne. *Nadja mit einer riesigen Waffel voller Zitroneneis, das Gesicht und die Fingerchen klebrig von der tropfenden Süßigkeit, in ihrem winzigen Badeanzug mit den lila Rüschen. Sie war drei gewesen, und das Freibad ihre größte Freude.*

Silke ging noch ein bisschen schneller. Sie würde die Hexe nicht stürzen lassen.

Mrs WJ kämpfte sich Stufe um Stufe die Treppe hinauf. Sie war sich der Anwesenheit der Ka'rim'nar bewusst, doch sie waren ihr gleichgültig. Es gab nichts mehr, was sie ihr noch hätten nehmen können.

Sie spürte, dass jemand dicht hinter ihr ging. Vermutlich diese Silke, die zuerst mit ihrem Volk gebrochen hatte, um es heute in diese Schlacht zu führen. Wahrscheinlich ahnte dieses Miststück, was sie vorhatte, und wollte dafür sorgen, dass William und die seinen sie nicht davon abhielten. Als ob die Kinder gerade an irgendetwas anderes als an Cat denken würden!

Obwohl … sobald William begriffen hatte, was gerade eben geschehen war, würde er alles daransetzen, die Murmel in die Finger zu bekommen, um seine Tochter zu retten. Vielleicht war es ganz gut, dass die Ka'rim'nar ihr den Rücken deckten. Sie ignorierte den sengenden Schmerz in der Hüfte und beschleunigte ihren Schritt. Je eher sie oben wäre, desto besser.

Als sie das obere Ende der Treppe erreicht hatte, schloss ihre Eskorte auf. Sie ging nun im Inneren eines Kreises. Schulter an Schulter standen ihre alten Feinde um sie herum, um sie zu beschützen. Die Ironie entging ihr nicht. Sie holte noch einmal tief Luft und ging dann auf den Turm zu.

Billy, der sowohl Cat als auch Jenny immer noch umklammert hielt, sah sich um. Hatte die Murmel zu leuchten aufgehört und war ins Gras gefallen?

»Brian!« Der Angesprochene hob den Kopf und sah seinen Schwager aus rotverweinten Augen an. »Such die Murmel!«, befahl Billy, der den Gedanken nicht ertragen konnte, seine Tochter loslassen zu müssen.

Brian tastete im Gras herum.

Cat richtete sich auf, schob die Hände ihrer Eltern, die sie halten wollten, von sich, achtete gar nicht auf ihren Onkel und schloss die Augen. Sie konnte die Murmel spüren, auch wenn sie sich von ihr entfernte. Mühsam rappelte sie sich auf und kam auf die Füße, ihr Vater wollte sie aufhalten, doch sie entwand sich seinen Armen. Hinter ihr sprang auch ihre Mutter auf und folgte ihr, als sie den Hügel hinunter torkelte.

Billy versuchte erneut, sie aufzuhalten. »Cat, bitte! Du musst dich ausruhen!«

Sie schlug seine Hand weg. »Nein! Ich muss meine Murmel holen!«

Er sah sie an und in seinem Blick lag so viel Schmerz, dass sich ihr Magen zusammenzog. *Ich habe wohl doch noch Gefühle,* schoss es ihr durch den Kopf. Sie verkniff sich das bittere Auflachen, das aus ihrer Magengrube aufsteigen wollte und sah ihm in die Augen. »Daddy, ich muss sie finden. Alles, was ich bin, ist darin!«

Er schien widersprechen zu wollen, doch Jenny legte ihm die Hand auf die Brust und sah Cat an. »Wir helfen dir, Honey. Was auch immer nötig ist, wir werden dir helfen.«

Cat streckte ihrer Mutter die Hand entgegen. »Dann kommt. Ich glaube, wir haben nicht viel Zeit.«

Mrs WJ hatte den alten Aussichtsturm allein betreten. Sie sah die an den Innenwänden hinaufführende Treppe hoch und seufzte tief. Verdammt viele Stufen für derart alte Gelenke. Aber ihr war klar, dass sie den Feind anlocken musste – und dafür musste er eine Chance haben, das Leuchten in ihrer Hand zu sehen. Sie war sicher, dass er gespürt hatte, was geschehen war, selbst ihre über die Jahrzehnte abgestumpften Sinne hatten wahrnehmen können, wie sehr das Gespinst in Aufruhr geraten war. Aber sie hatte keine Ahnung, ob er die Bewegung der Fäden lokalisieren konnte.

Selbst wenn, dort oben auf dem Turm würde er sie nicht nur sehen können, es käme auch niemand anderes zu Schaden. Leise vor sich hin fluchend erklomm sie die erste Treppe. Eine ganze Menge Stufen hatten ihre Knie schon zum Krachen gebracht, als ihr klar wurde, dass sie nicht länger allein war. Sie blieb stehen und sah sich um.

Silke sah ihr ungerührt ins Gesicht. Tarek, der hinter ihr ging, hatte den Anstand, betreten aus der Wäsche zu schauen.

»Ist das euer Ernst? Ich mach das hier allein«, sagte Mrs WJ abweisend.

»Kannst du dir abschminken«, fauchte Silke zurück. Tarek hob beschwichtigend die Hände. »Wir sind nur die Ehrengarde, Älteste«, sagte er.

Mrs WJ lachte, trocken und hart. »Ehrengarde für die Älteste? Du Rotzlöffel weißt genau, dass ich keine Älteste bin. Ich habe die Regeln gebrochen. Ich habe weitergelebt. Ich bin Ka'rim'dash, verstoßen.«

Der junge Mann lächelte traurig. »So wie ich. Und Silke.« Die nickte. »Wir haben alle die Regeln gebrochen, Älteste. Vielleicht sind wir das dritte Volk aus der

Legende. Ka'rim'nar, Ka'rim'doje und Ka'rim'dash, vereint gegen den Ka'rim'char. Wenn das nicht der Stoff für Geschichten ist …«

Mrs WJ schnaubte, ging dann aber weiter die Treppe nach oben.

Cat spürte, wo sie hinmusste. Sie konnte die Murmel singen hören. Es klang wie ein arhythmisch gespieltes Xylofon, während im Hintergrund ein Radio rauschte. Merkwürdig, ein bisschen gruselig, fast wie ein *Nine Inch Nails*-Song.

Im Gegensatz zu Mrs WJ und den Ka'rim'nar nahm sie nicht den bequemsten, sondern den kürzesten Weg und führte ihre Eltern und Onkel Brian mitten durch Dornen und Dickicht. Erst, als sie schließlich begriffen hatte, wohin Mrs WJ wohl wollte, ging sie wieder auf dem schmalen Waldweg.

Ihr Dad, der übel geflucht hatte, weil das Brombeergestrüpp ihm die Hose zerriss, hatte sich beim Versuch, ihre Mum zu beschützen, die ganzen Arme zerkratzt. Ihre Mum hatte einen blutigen Schmiss über der Augenbraue, vermutlich von einem zurückgeschnellten Ast. Eigentlich hätten sie innehalten und die Wunde versorgen müssen, aber Cat spürte, dass die Zeit dazu nicht mehr reichte. Sie schluckte das schlechte Gewissen herunter und eilte weiter den Berg hinauf.

Sie war noch nicht ganz am oberen Ende der Treppe angekommen, als sie die Ka'rim'nar mehr spürte als sah. Sie hob die Hand, um ihren Lieben zu signalisieren, dass sie still sein mussten, doch ein großer, breitschultriger Mann sagte leise: »Wir haben euch gehört, Cat. Ich bin Jannek. Kommt hoch.«

Sie folgte seiner Aufforderung und trat in den weiten Kreis, den die Ka'rim'nar um den Turm gebildet hatten. Hier war die Straßenbeleuchtung intakt, sie konnte sie alle sehen, ebenso wie die Katzen. Momo, Lovis, Kassy und Fudge bildeten einen eigenen, kleineren Kreis um den Turm. Cat suchte nach Justus, der gerade zu ihr gelaufen kam. Sie ging auf ein Knie, um ihm die Ohren zu streicheln, dann lief er ein paar Meter auf den Turm zu und kam wieder zurück. Dieses Spielchen wiederholte sich mehrfach, bis sie ihm folgte. Jannek und seine Partnerin ließen sie durch, hielten aber ihre Eltern und Onkel Brian auf.

»Nur sie«, sagte Jannek mit tiefer, ruhiger Stimme.

Cat sah, wie auf der Stirn ihres Dads eine Ader zu pochen begann und ging noch mal zurück. Sie nahm die Hand ihrer Mutter in die ihre und sah sie an: »Ihr könnt mir hier nicht folgen, Mum.«

Jenny weinte, schon wieder. »Ich kann dich nicht gehen lassen, Honey. Es ist doch mein Job, dich zu beschützen.«

»Den hast du gut gemacht, Mommy.« Cats Stimme war sehr sanft. »Aber das hier … das muss ich alleine machen. Ihr könnt diesen Weg nicht mit mir gehen.«

Billy trat zu ihnen und legte die Arme um sie beide. »Cat, das kannst du nicht von uns verlangen. Du bist unser Baby.«

»Das werde ich immer sein, Daddy. Aber ich kann nicht zulassen, dass euch etwas passiert. Die Ka'rim'nar werden euch nicht durchlassen.« Sie erkannte, dass ihr Vater auffahren wollte, und drückte ihn fest. »Du kannst es nicht mit allen aufnehmen, Daddy. Mum könnte verletzt werden.« Cat war sich darüber im Klaren, dass das manipulativ und gemein war, und sie wusste, dass ihre Mum das auch verstand, aber ihr blieb keine andere Wahl. »Du musst auf Mum aufpassen. Ihr müsst beide hier sein, wenn ich zurückkomme. Versprecht es mir.«

Jenny schluchzte an Billys Schulter und er hielt sie fest. Cat konnte an seiner Mine erkennen, wie es in ihm arbeitete. »Daddy, als du damals Gran um Hilfe gebeten hast, da hat sie dir doch auch vertraut. Und du warst viel jünger als ich jetzt!«

Billy zog sie an sich. Er drückte sie, fest und kurz, dann ließ er sie gehen und sah Jannek direkt in die Augen. »Wenn ihr etwas zustößt …«

Jannek nickte. »Ich weiß.«

Cat prägte sich die Gesichter ihrer Eltern ein letztes Mal ein, dann griff sie nach unten, hob Justus, der sich das ausnahmsweise ohne Protest gefallen ließ, auf den Arm und ging Richtung Turm.

Als sich ihm näherte, kamen all ihre Katzen zu ihr. Sie streichelte Justus und setzte ihn ab, in der Hoffnung, er würde mit den anderen hier draußen bleiben, doch alle fünf folgten ihr die Treppe hinauf.

DIE LEERE

Cat erreichte die Aussichtsplattform mit rotem Gesicht und ein wenig außer Atem, aber kampfbereit. Die Katzen hatten wieder einen Kreis um sie gebildet, sie schienen jeden ihrer Schritte vorauszuahnen. Als sie durch die schmale Tür nach draußen trat, wo Mrs WJ am Rand der Plattform stand und Cats weithin leuchtende Murmel in die Dunkelheit hielt, wandten Silke und Tarek sich zu ihr um. In Tareks Gesicht lag Schmerz, als er sie ansah.

»Hallo Kleines«, murmelte er. »Ich hab echt gehofft, du verschläfst die ganze Nummer.« Er streckte ihr die Hand entgegen und sie ergriff sie. Silke kam zu ihr und nahm ihre andere Hand. Cat drückte sie beide zum Abschied.

»Mrs WJ«, sagte sie, »ich bin hier.«

»Das solltest du nicht sein.« Die Stimme der alten Dame klang angestrengt.

»Ich muss. Er muss die Murmel von mir bekommen.«

»Einen Scheißdreck muss er!« Cat erschrak. Mrs WJ fluchte nicht. Nie.

»Es ist mein Ich, das Sie da hochhalten.«

»Und wenn unser Plan funktioniert, Catherine, dann wird es frei sein.« Jetzt erst wandte sich Mrs WJ zu ihr um und sah über die Schulter, während sie die strahlende Kugel weiter hochhielt. »Du wirst hier heute nicht sterben.« Sie sah wieder in die Nacht hinaus.

Es dauerte einen Augenblick, bis Cat begriff. Dann versuchte sie mit aller Kraft, zu Mrs WJ zu gelangen, doch Tarek und Silke hielten sie mit vereinten Kräften fest.

»Lass mich los«, flehte sie Tarek an, aber der schüttelte nur den Kopf.

»Die Älteste hat recht, Kleines«, flüsterte er in ihr Ohr. »Du hast genug getan. Die Murmel muss freiwillig und ohne Zwang dargeboten werden, um der Leere zur Falle zu werden, und das tut sie. Lass sie ihren Beitrag leisten.«

»Aber sie wird sterben!«, brüllte Cat.

»Besser sie als du«, sagte Silke ruhig. Cat sah sie entgeistert an. »Guck nicht wie die Kuh, wenn's donnert. Sie hat mehr als ein Leben gelebt und sie liebt dich. Es ist richtig so.«

Um den Turm zogen sich dunkle Wolken zusammen. Die Laternen auf dem Platz unten waren schon nicht mehr zu sehen, sodass das einzige Licht von der immer noch tennisballgroßen Kugel ausging, die Mrs

WJ weiterhin hochhielt. Der Regen ließ nach, dafür kam Wind auf, der an ihren Kleidern zerrte. Mrs WJ, die weiter draußen stand, hatte es augenscheinlich schwer, sich gegen diesen Wind zu behaupten, sie hielt sich mit der freien Hand an der Brüstung fest.

In den schwarzen Wolken, die um die Spitze des Turms herumwirbelten, wurde ein dunkler Schatten sichtbar, der sich langsam näherte. Justus schrie zornig auf, und sein Miauen klang weniger nach einer Katze als mehr nach einem brünftigen Elch. Silke und Tarek erstarrten, ließen Cat aber nicht los.

Eine menschliche Gestalt schälte sich aus der Dunkelheit und näherte sich der turmumspannenden Plattform. Cat hätte am liebsten laut losgelacht – das schreckliche Monster, das Verderben über die Welt bringen würde, wenn sie es nicht aufhielten, kam in Gestalt eines schmalen, dunkelhaarigen Mannes Anfang zwanzig, dessen Haare dringend einen Friseur brauchten. Er trug eine silberne Brille – *Kassengestell,* schoss es Cat durch den Kopf – in einem unauffälligen Gesicht. Seine Schultern waren nach vorn gebeugt, als ob er sich gewohnheitsmäßig kleiner machen würde, als er war. Seine Haltung war schlaff, was ihn aussehen ließ, als hinge ein nasser Lappen in der Luft.

Dieses Wesen war es also, was sie alle so sehr fürchteten? *Der sieht nach allem aus, aber nicht bedrohlich,* dachte Cat.

»Mach nicht den Fehler, ihn zu unterschätzen«, flüsterte Tarek an ihrem Ohr. »Egal, wie er aussieht. Ka'rim'char ist klug, er wählt seine Hülle unauffällig.«

Mrs WJ war an der Brüstung ein paar Schritte zurückgewichen. Der junge Mann fixierte sie, ohne zu blinzeln. Sein Blick war kalt und leer, bar jeder Emotion. Er schwebte über die Brüstung und sank dann herab, bis seine Füße Bodenkontakt hatten, ohne Mrs WJ aus den Augen zu lassen. Dann ging er langsam auf sie zu.

Cat, die fest vorgehabt hatte, sich loszureißen und zu der alten Dame hinzulaufen, konnte ihre Glieder nicht bewegen. Eine Angst, die sie sich niemals auch nur hätte vorstellen können, hatte von ihr Besitz ergriffen und ihre Innereien in Eis verwandelt. *Das hier ist nicht der Tod, Cat,* dachte sie. *Das ist weit schlimmer als der Tod. Leere. Nichts. Stille. Vergessen.* Sie spürte, dass sie weinte, die Tränen hinterließen kalte Spuren im eisigen Wind.

Mrs WJ blickte die Leere ungerührt an. Cat konnte sich kaum vorstellen, wie viel Mut es brauchte, um sich diesem Feind so entgegenzustellen.

Er ging auf sie zu, ganz langsam, als sei er sich vollkommen sicher, dass sie ihm ohnehin nicht entkommen konnte. Seine Mine war ausdruckslos. Er ging weiter, bis die leuchtende Kugel nur noch wenige Zentimeter von seiner Brust entfernt war, dann hob er die Arme. Vorsichtig legte er die Fingerspitzen beider Hände auf das Glas und für Cat fühlte es sich an, als würde ein eisiger Strom ihr Innerstes leer saugen. Sie wollte schreien, weinen, weglaufen, doch sie konnte sich nicht bewegen.

Wie versteinert musste sie zusehen, wie die Leere ihr Ich aussaugte und das Licht immer kleiner und schwächer wurde. Erst, als sie hörte, wie Silke scharf die Luft einsog, sah sie am ersterbenden Leuchten ihrer Murmel vorbei und erkannte, dass auch Mrs WJ immer durchscheinender und blasser wurde. Cat sah ihr in die Augen, und hinter all dem Schmerz und der Angst sah sie die Liebe, die hell in ihr brannte.

Mit dem Erlöschen des Lichts verging auch die alte Dame. Ihre Umrisse hingen noch einen Augenblick als Schatten in der Luft, dann nahm eine Böe sie mit sich. Mrs WJ war nicht mehr.

Cat schrie auf, ein Schrei voller Schmerz und Zorn. Die Leere wandte sich ihr zu, doch Tarek sprang vor sie. Der junge Mann mit der silbernen Brille packte ihn an den Schultern, zog ihn dicht zu sich, als ob er an ihm riechen wollte, und warf ihn dann achtlos über die Schulter.

Cat sah, wie Tarek vergeblich versuchte, die Brüstung zu fassen zu bekommen. Er schrie nicht, als er fiel. Ganz im Gegensatz zu Silke, die kreischte und fauchte wie eine wütende Katze und dem jungen Mann einen blutigen Riss in die Wange kratzte. Er schlug sie fast beiläufig und sie landete als zusammengesunkenes Bündel neben der Tür zur Treppe.

Während all dem hatte der junge Mann den Blick keine Sekunde lang von Cats Gesicht genommen. Er kam auf sie zu und ihre Angst trieb sie fast in den Wahnsinn. Was sollte sie jetzt nur tun? Warum hatte ihr Opfer nicht gereicht? Würde er auch sie in Staub verwandeln?

Sie hörte kaum, dass die Katzen zu miauen begonnen hatten. Erst als er verwirrt nach unten blickte, realisierte sie den Katzenjammer. Instinktiv und trotz all ihrer Angst ging sie in die Hocke und streichelte das Gewusel aus weichem Fell, das laut jaulend um ihre Beine strich. Beruhigend redete sie auf die Katzen ein, fluste Öhrchen und kraulte unterm Kinn, bis die Tiere sich wieder entspannten. Als sie sich erneut aufrichtete, lag der Blick des Fremden wieder auf ihrem Gesicht, und jetzt lag eine Frage darin.

»Du wirst alles geben müssen, was du bist, Catherine. All dein Sehnen, dein Streben, deine Erinnerungen, deine Liebe und deinen Schmerz. Alles wird in der Murmel sein, freiwillig gegeben, nicht geraubt. Es ist den Ka'rim'nar nicht ohne Grund verboten, ihre Geheimnisse mit den Menschen zu teilen, weißt du? In diesem freiwilligen Opfer liegt so viel Macht. Ein Mensch mit einer Ka'rim'dajak braucht keine Funken zu stehlen, um unsterblich zu sein.«

Mrs WJs Lächeln war voller Schmerz gewesen, als sie das erzählt hatte.

»Der Segen ohne den Fluch … verstehst du, warum es verboten ist? Warum dieses Wissen geheim ist?«

Cat hatte genickt und Mrs WJ hatte weitergesprochen. »Du gibst der Leere all das, was dich ausmacht und deine Unsterblichkeit noch dazu. Freiwillig. Aus Liebe. Wenn die Legenden wahr sind, dann wird das ausreichen, um die Leere zu vernichten.«

»Aber wie?«

»Omnia vincit amor, mein Herz. Die Liebe besiegt alles.« Mrs WJ seufzte. »Natürlich ist es nur eine Legende. Vielleicht wirst du auch alles für nichts opfern.«

»Ich opfere es ja zumindest dem Nichts.« Cat hatte bitter gelacht. »Es ist unsere einzige Chance.«

»Du weißt, dass es mir lieber wäre, wenn du diesen Teil jemand anderem überlassen würdest.«

»Ja. Aber Sie haben doch selbst gesagt, dass nicht jeder das machen kann.«

»Nur jemand, der jung genug ist und trotzdem genug Liebe und Leid erfahren hat.«

»Dann war die Trennung meiner Eltern ja doch zu was gut.«

Omnia vincit amor, dachte Cat und breitete die Arme aus. Ganz langsam ging sie auf den jungen Mann zu, der immer noch mit fragendem Blick vor ihr stand. Sie sah die Poren auf seiner Haut, den Schatten eines Schnurrbarts auf seiner Oberlippe, die Sommersprossen auf seiner Nase. Sie sah, dass sein linkes Ohr ein kleines Stückchen höher saß als das rechte, und dass seine Haare sich, wenn sie etwas kürzer wären, locken würden. Sie trat noch näher und sah ihm in die Augen, die auf den ersten Blick braun aussahen, aber aus der Nähe so viel mehr waren: ein dunkelgrauer Ring um die Iris, der in ein helles Grün überging, wie von frisch gemähtem Gras. Um die Pupille lag ein weiterer Ring, dessen rötliches Braun hell leuchtete.

Sie sah in diesen Augen den Menschen, der er gewesen war. Den jungen Mann, der immer Angst gehabt hatte, nicht genug zu sein, nicht klug genug, nicht schön genug, nicht ausreichend. Er hatte von den Sternen geträumt.

Cat wünschte, sie hätte ihm im Planetarium die Bilder der Hazel Nebula zeigen können, deren Farben genauso leuchteten wie seine Augen. Sie wünschte, sie hätte ihm sagen können, dass er genug war, dass er besonders war und wundervoll, weil niemand sonst so sehr er sein konnte wie er. Sie wünschte, er wäre nicht verloren gegangen in diesem Kampf zwischen Sein und Nichts, und noch während sie das wünschte, blickte sie noch tiefer.

Sie sah die lange Reise in der Dunkelheit zwischen den Sternen, vollständig leer und doch erfüllt von einem Sehnen, das so tief ging, dass es schmerzte, sie sah den Schmerz, als der Ka'rim'char zum ersten Mal Druck ertragen musste, als er in die Atmosphäre eintrat, die Verwunderung über das Licht und die Farben und den allumfassenden Hunger, der so wehtat. Ihr Herz lief durch ihre Augen über.

Seine Hand fasste an ihre Wange, fing eine der Tränen auf und brachte sie auf seinem Zeigefinger ganz dicht vor sein Gesicht. Das Licht der Sterne brach sich in dem winzigen Wassertropfen und ließ seine Fingerspitze leuchten. Er brachte den Finger an seine Lippen und kostete das Salz ihrer Träne. Cat griff nach seiner anderen Hand, verschränkte ihre Finger mit seinen – genau so hatte sie ihre Finger mit Nadjas verschränkt, vor einer

Ewigkeit, in einem anderen Leben, in Nadjas sicherem Zimmer, als der Krebs das einzige Monster war, das sie bedrohte – und spürte, wie er sich öffnete.

Er nahm ihre andere Hand, sie bildeten einen Kreis, durch den Erinnerungen flossen, Gefühle. Er lebte ihr Leben, sog das Glück ihrer Kindheit ins Grans Haus in Galesburg auf, in dessen Garten noch immer der große Baum mit der Reifenschaukel stand, auf der schon ihr Daddy gespielt hatte. Die Aufregung des Umzugs nach Kalifornien, den Schmerz der Trennung und die Angst vor dem fremden Deutschland, das Glück, Nadja gefunden zu haben, und die herzzerreißende Qual, sie im Koma zu wissen.

All das, was ihre Murmel ihm schon gegeben hatte, nahm er noch einmal, aus ihren Zellen und ihrem Blut, und es tat weh.

Doch er gab auch. Er zeigte ihr die Einsamkeit in den unendlichen Weiten des Universums und dazu tausend zusammenhanglose Bilder aus den Erinnerungen derer, die er schon genommen hatte. Sie sah sich selbst durch Nadjas Augen, auf einer Schaukel hoch dem Himmel entgegen schwingen, während das Licht der Sonne durch das Blätterdach die Welt in einen Zauber aus Grün und

Gold tauchte. Schnell schenkte sie ihm die Erinnerung an das Gefühl in ihrem Bauch dazu.

Sie sah Tareks Partnerin Tasha, wie sie seine Hand hielt, als sie ihm sagte, dass sie irgendwann den Schritt gehen wollte, ein Kind zu bekommen. Sie sah Menschen, die sich küssten, Babys hielten, Katzen streichelten, Fahrrad fuhren, ein Auto kauften, eine Suppe kochten, lebten und lebten und lebten und in diesem Augenblick begriff sie alles.

Silke hatte recht gehabt. Es gab nur eine begrenzte Menge Leben auf dieser Welt und alles war miteinander verbunden. Jeder Funken, der in jedem Menschen auf dem Planeten leuchtete, war seit Anbeginn der Zeit da, war Ameise gewesen und Katze und Fisch und Rose und Brennnessel und würde all dies wieder sein. Alles war miteinander verbunden und sie alle waren eins, die lebende und atmende und fotosynthetisierende Essenz dieser Welt.

Cat liefen die Tränen über die Wangen, als sie verstand, wie wundervoll dieses System war, und sie spürte, dass auch er es begriff. Ihm wurde klar, dass er zerstörte, was kostbar war, und sie fühlte seinen Schmerz.

Er versuchte, sich von ihr zurückzuziehen, doch sie ließ ihn nicht, sie hielt ihn fest, umgarnte ihn mit ihren

Erinnerungen und wob ihn ein in das Gespinst der Welt. Sie konnte die Fäden sehen, die alles miteinander verbanden, und sie sah, wo sie anknüpfen konnte, um ihm Halt zu schaffen. Sie wob und fädelte und knotete, bis er, der fremd gewesen war, sich nicht mehr von den anderen Teilen des Gespinsts unterscheiden ließ.

So konzentriert war sie auf ihr Tun, dass sie nicht bemerkte, wie die Murmel, die, ihres Leuchtens beraubt, achtlos zu Boden gefallen war, in die Höhe schwebte, bis sie genau zwischen ihren Gesichtern hing, und mit jedem Faden, den sie verknüpfte, mehr zu leuchten begann.

Als sie sich nach vorne beugte, um ihn auf seine schmalen Lippen zu küssen, lag die glühende Kugel genau zwischen ihren Stirnen. Ein heller Blitz erleuchtete die Nacht. Dann wurde es dunkel.

Billy stand, Jenny immer noch fest in seinem Arm, am oberen Ende der Treppe, direkt außerhalb des Kreises der Ka'rim'nar und starrte in die dunklen Wolken, die sich um die Spitze des Turms ballten. Seitdem eine der Katzen ein seltsames Geräusch von sich gegeben hatte

–Jenny hatte unter Tränen gelächelt und »Justus« geflüstert – war es still dort oben.

Mit schierem Willen versuchte er, diese Wolken zu verdrängen, und der Wind schien ihm gehorchen zu wollen. Doch dann bemerkte er entsetzt, dass das Licht inmitten dieser Wolken langsam verblasste, bis es vollends erlosch. Gebannt sahen alle – nicht nur er und Jenny, sondern auch alle Ka'rim'nar – nach oben.

Cat schrie auf, dann flog etwas über die Brüstung. Was im ersten Moment ausgesehen hatte wie eine zusammengeknüllte Jacke, entpuppte sich als Tarek, der sich lautlos im Fall drehte, mit einem entsetzlich feuchten Geräusch am Boden aufschlug und dann mit verdrehten Gliedern leblos liegen blieb.

Einer der Ka'rim'nar von der anderen Seite des Kreises verließ seine Position und lief zu ihm. Von oben erklang ein zorniger Schrei wie von einer fauchenden Katze und dann ein lautes Klatschen, dann war es wieder still. Der ältere Mann, der zu Tarek geeilt war, hob ihn auf die Arme und trug ihn davon.

Auf der Aussichtsplattform erglomm ein sanftes goldenes Leuchten. Alle sahen verwirrt nach oben, niemand schien zu wissen, was da gerade geschah. Billy hörte Jannek etwas Unverständliches murmeln, doch er fragte nicht nach. Er hielt Jenny fest, die ihren Blick keinen Moment von dem kleinen Licht abwandte und flüsterte: »Sie ist es, Billy. Es ist Cat!«

In diesem Augenblick erhellte ein Blitz die Finsternis, dann wurde es wieder dunkel.

Billy nahm Jenny an der Hand, schob die Schulter nach vorne wie ein Quarterback beim Football und rammte Jannek aus dem Weg. Wie der Wind rannten die beiden zum Turm und hätte einer der Ka'rim'nar versucht, sie aufzuhalten, dann hätte er sich selbst davon überzeugen dürfen, wie gefährlich Billy Munroe sein konnte. Doch niemand stellte sich ihnen in den Weg. Er hielt Jennys Hand ganz fest, als sie die Treppen hinauf stürmten, die Herzen voller Hoffnung und gleichzeitig voller Angst.

Oben angekommen, blieb Billy in der Tür stehen und verdeckte das Bild, das sich ihm bot, vor Jenny. Cat lag reglos auf dem Boden, umringt von ihren Katzen, neben einem jungen Mann, den er noch nie gesehen hatte, der aber ihre Hand hielt, und ebenfalls mindestens bewusstlos zu sein schien. Jenny drängte sich an ihm vorbei, schrie auf und stürmte auf Cat zu, doch Billy hielt sie zurück. Zwischen den beiden am Boden Liegenden schwebte hell leuchtend die Murmel.

Als Cat wieder zu sich kam und verwirrt die Augen öffnete, sah sie aus dem Augenwinkel die Murmel in der Luft schweben. Sie stützte sich auf und schob langsam ihren Oberkörper nach oben. Ihre Mum stürmte zu ihr und ihr Dad gleich hinterher. Billy ließ sich hinter Cat zu Boden fallen und umschloss sie mit seinen Armen, Jenny landete neben ihr auf den Knien und strich mit den Händen über ihr Gesicht und ihre Arme.

»Bist du in Ordnung? Honey, geht's dir gut?«

Cat schüttelte den Kopf, um ihre Sicht klar zu bekommen, dann schob sie die Hände ihrer Mutter weg. »Ja. Nein. Ich weiß nicht. Ich glaube schon«, murmelte sie und richtete sich weiter auf. Sie suchte die Murmel, und als ihr Blick sie gefunden hatte, saugte er sich daran fest.

Sie robbte auf den jungen Mann zu, der reglos neben ihr am Boden lag, und tastete nach seinem Puls. Als sie sich vergewissert hatte, dass er atmete, kniete sie sich hinter ihn, zog seinen Oberkörper ein wenig hoch und bettete ihn in ihrem Schoß. Die Katzen ließen sich um ihn herum nieder. Erst, als sie sich sicher war, dass die Aufmerksamkeit ihrer Eltern auf dem Jungen lag, tastete sie mit der linken Hand unauffällig nach der Murmel, deren grün-goldenes Licht erloschen war, und steckte sie in ihre Tasche.

Ihr entging nicht, dass Billy und Jenny sich verstört ansahen. Verständlich, irgendwie. Vermutlich fragten sie sich, wer dieser Typ war und wohin Mrs WJ verschwunden war. Hinter ihnen erklang ein schmerzerfülltes Stöhnen. Silke, die eine beachtliche Beule an der Stirn hatte, rappelte sich langsam auf und fragte: »Was ist passiert? Wo ist Cat?«

»Ich bin hier«, antwortete Cat leise.

»Und der Ka'rim'char?« Silkes Stimme klang gepresst.

»Gone with the wind.« Die Murmel in ihrer Tasche schien eine Tonne zu wiegen, doch Cat gelang es, weder hinzusehen noch hinzugreifen. Dieses Geheimnis würde sie bis ans Ende ihrer Tage hüten.

»Und der da?« Silke wies auf den jungen Mann.

»Der kann nichts dafür. Die Leere hat ihn als Hülle gewählt. Er hat nichts falsch gemacht.«

»Vermutlich ist sein Hirn Brei.«

Cats Augen füllten sich mit Tränen. »Das kann sein. Dann ist es an uns, uns um ihn zu kümmern.«

Silke schnaubte, doch Jenny sprang ihrer Tochter bei. »Er ist genauso ein unschuldiges Opfer wie Nadja. Wir werden ihn nicht zurücklassen.«

Billy sah sich um. »Wo ist Mrs WJ?«

Cat senkte weinend den Kopf. Silke antwortete leise: »Er hat sie genommen. Ganz.«

Jenny schluchzte und auch Billy begann zu weinen. Cat, die den Jungen immer noch in den Armen hielt, streckte die Hände nach ihnen aus, und sie ergriffen sie. Wieder bildete sich ein Kreis, doch diesmal flossen einzig Liebe und Trost.

Justus, dem das Geweine zu viel zu werden schien, sprang auf die Brust des jungen Mannes, stupste seinen Kopf gegen dessen Stirn und maunzte laut. Der Junge zuckte zusammen, Justus wiederholte die Prozedur und leckte ihm zusätzlich über die Nase. Der Junge zuckte erneut und schlug dann verwirrt die Augen auf.

»Wo bin ich? Wer bist du?«, fragte er Cat.

Die lächelte unter Tränen und drückte ihm einen dicken Kuss auf die Stirn.

IV. TOCHTER DER STERNE

MÄRZ 2007

I have loved the stars too fondly to be fearful of the night
Sarah Williams

ERINNERUNGEN

Die Tür öffnete sich und der lächelnde Pfleger ließ ihre Familie herein. Jenny und Billy, Hand in Hand, wie sie es seit jenem Tag auf dem Schwarzenberg ständig waren, und natürlich Nadja, ausnahmsweise ohne ihre schrecklich vorlaute und absolut entzückende Tochter Katharina.

Cat setzte sich auf, ließ per Fernbedienung ihr Bett in eine aufrechte Position gleiten und streckte die Arme aus. Einer nach dem anderen umarmte sie vorsichtig, dann versammelten sich alle um das Bett und sahen in das auf Rollen stehende, gläserne Minibett, in dem ihr kleines Wunder lag.

Jenny weinte ganz offen und auch Billy hatte Tränen in den Augen. Nur Nadja kannte wie üblich keine Zurückhaltung, hob das Neugeborene aus der Krippe und hielt es hoch, um ihm prüfend ins Gesicht zu sehen.

»Finger und Zehen werden sie gezählt haben, ne? Aber Menschenskinder, die ist dir ja wirklich wie aus dem Gesicht geschnitten!« Nadja strahlte. »Ist doch 'ne die, oder?«

Cat nickte lächelnd. Der Kloß in ihrem Hals ließ sie noch nicht sprechen. Nadja reichte das kleine Bündel an

Jenny weiter, setzte sich zu Cat auf die Bettkante und umarmte sie erneut, diesmal fest.

»Du schaffst das, Cat, das weißt du. Wir sind alle für dich da.«

Cat nickte und schniefte an Nadjas Schulter, dann sagte sie sehr leise: »Ich werd ja nicht die erste alleinerziehende Mutter sein, die mitten in ihrer Promotion steckt.«

»Ach, man braucht eh ein Dorf, um die kleinen Schreihälse großzuziehen«, meinte Nadja grinsend. »Und du hast ja uns!«

Jenny, die das Baby immer noch im Arm hielt, kam um das Bett herum. Billy schob ihr einen Stuhl hin, sodass sie sich setzen konnte.

»Sie ist wunderschön, Cat«, sagte Jenny und lächelte unter Tränen.

»Ich bin froh, dass ihr es geschafft habt, rechtzeitig hier zu sein«, antwortete Cat. Nachdem ihre Eltern wieder zusammengekommen waren, hatte ihr Dad seinen Job in Cupertino aufgegeben, um mit ihnen in Deutschland zu leben. Aber als Cat zum Studium nach München gezogen war, waren die beiden nach Kansas zurückgekehrt und lebten seitdem in Galesburg im Haus von Cats verstorbener Gran.

»Ja, was das betrifft …« Billy nahm sich einen zweiten Stuhl, drehte ihn so, dass er mit der Lehne zwischen den Beinen Platz nehmen konnte und grinste breit wie eine Katze, die in eine Sahneschüssel gefallen war. Cat sah ihn misstrauisch an, doch er sprach nicht weiter, sondern warf ihrer Mutter einen auffordernden Blick zu.

Jenny machte es kurz. »Wir haben das Haus in Galesburg verkauft, Honey«, sagte sie. »Und ein neues gekauft. Gar nicht weit weg vom Operation Center.« Sie sah Cat mit spitzbübischem Lächeln an. »Wir sind einfach davon ausgegangen, dass du erst mal bei der ESA bleibst, Liebling. Und damit du entspannt weiter arbeiten kannst, sind wir dann ganz in deiner Nähe.«

Cat sah sie mit offenem Mund staunend an. Völlig verdattert fragte sie: »Ihr habt … hier? In Darmstadt?«

Billy lachte laut. »Tja, Honey, jetzt musst du wohl mit deinen alten Herrschaften leben.«

Cat streckte die Arme aus, und beide Eltern drückten sie liebevoll, wobei Jenny sorgsam darauf achtete, dass die Kleine sicher und geborgen in ihrem Arm lag. Dann gab sie Cat das Neugeborene. »Wie heißt sie denn?«

»Jennifer Jocelyn Munroe«, antwortete Cat schniefend.

»Wie sehr hätte sie sich gefreut«, sagte Billy mit belegter Stimme. »Wie glücklich sie gewesen wäre.« Jenny nickte.

»Erinnerst du dich daran, wie sie gestrahlt hat, als wir ihr Cat vorgestellt haben?«, fragte Jenny versonnen.

»Oh ja. Wie sie mit der Kleinen auf dem Arm im Schaukelstuhl auf der Veranda eingeschlafen ist.«

Sie tauschten tausend kleine Erinnerungen an Mrs WJ aus, wie sie immer wieder Cats Lieblingskuchen gebacken, ihr Kleider genäht und Plüschtiere gehäkelt hatte, bis Cat schließlich sagte: »Ihre letzten Worte galten mir.«

»Genau wie Grans«, sagte Jenny mit erstickter Stimme. »Mit ihrem letzten Atemzug hat sie uns befohlen, gut auf dich acht zu geben.«

»Sie leben in euch weiter«, sagte Nadja und klang dabei ungewohnt ernst. »Sie alle leben in euch weiter. Und jetzt in der Kleinen. Das ist der Zauber des Ka.«

Die Tür öffnete sich erneut und Silke trat mit Tarek ein. Billy versteifte sich, doch Cat legte ihm beruhigend eine Hand auf den Arm und er blieb still.

»Hallo Cat«, sagte Silke sanft, ging auf Nadja zu und drückte ihre Tochter fest.

Tarek grinste. Die Jahre waren gut zu ihm gewesen. Obwohl er genau wie Silke aufgehört hatte, weitere Funken zu nehmen, war er kaum einen Tag gealtert. Nadja umarmte auch ihn, dann kamen beide zum Bett. Silke drückte Cat die Schulter, doch Tarek beugte sich vor und küsste sie sanft auf die Stirn. Cat hätte schwören können, dass ihr Dad grummelte, ganz tief in der Kehle, wie eine wütende Katze, doch er sagte nichts.

Tarek und Silke traten einen Schritt zurück und blickten auf das kleine Bündel Mensch in Cats Armen. Cat hielt sie etwas höher, sodass die beiden ihr Gesicht sehen konnten. Silkes Mine war ganz sanft und weich, und sie lächelte. Tarek blinzelte eine Träne weg und räusperte sich.

»Catherine Munroe, wir kommen – aber natürlich nicht nur«, er lächelte, »im Auftrag der Ältesten. Wir bringen den Segen der Ka'rim'nar für dich und deine Tochter. Was vereinbart war, wird auf sie ausgeweitet – niemand, an dem ihr Herz hängt, wird sich jemals Sorgen wegen der Ka'rim'nar machen müssen. Sie wird gehütet wie der Stern, der sie ist.« Der ernste Tonfall kippte, als er breit grinste. »Sie wird eine ganze Horde fieser Tanten und Onkel haben, wenn sie sie braucht.« Dann wurde er wieder ernst. »Die Ältesten haben mich auch gebeten, dir zu sagen, dass du eine Ka'rim'dajak für sie fertigen darfst, wenn du das willst.«

Cat zuckte zusammen, als habe er sie geschlagen. Er hob beschwichtigend die Hände. »Ich weiß, wie du dazu stehst, Cat. Aber … wer weiß, was das Leben bringt? Lass dir die Möglichkeit offen. Für sie und für dich.«

Er beugte sich noch einmal vor und küsste sie auf die Stirn, dann legte er seine kräftigen, breiten Finger auf den Kopf des Babys. »Willkommen, Kleines. Möge das Gespinst sich warm um dich legen auf all deinen Wegen und die Sterne auf ewig deinen Pfad erleuchten.«

Dann drehte er sich um und ging.

Im Raum herrschte Schweigen, bis Silke spöttisch sagte: »So eine Dramaqueen, echt.« Sie beugte sich ebenfalls zu dem Kind hinab und flüsterte: »Und wenn dir mal einer dumm kommt, Püppchen, dann kommst du zu Tante Silke. Dann kann der was erleben, das versprech ich dir.« Sie küsste Nadja flüchtig auf die Wange, nickte Cat noch einmal zu und verließ ebenfalls den Raum.

»Was hat er damit gemeint, Cat?«, fragte Billy beherrscht.

Cat legte ihre schlafende Tochter behutsam in die Krippe und wandte sich dann erst ihrem Vater zu. »Die Ka'rim'nar gestatten mir, für sie«, sie wies mit dem Kopf Richtung Krippe, »und für mich Murmeln zu schaffen, wenn ich das will. Was natürlich überhaupt nicht infrage kommt.«

»Du solltest das nicht so kategorisch ausschließen«, sagte Nadja. »Tarek hat schon recht: Wer weiß, was das Leben bringt! Mama hätte damals ja auch nicht ahnen können, dass mein Problem mit ein paar Infusionen aus der Welt zu schaffen war. Hätte ja schließlich auch Leukämie sein können und nicht nur Blutarmut!«

Cat sah sie entgeistert an. »Hätte deine Mama damals auf die Diagnose gewartet, hätten wir uns nicht mit der Leere anlegen müssen. Mrs WJ könnte noch leben!«

»Oder wir wären mittlerweile alle tot«, antwortete Nadja ungerührt. »Glaubst du, irgendjemand anderes wäre so blöd gewesen, die Leere vernichten zu wollen? Ka'rim'mai, Baby. Narren des Ka. Das sind wir.« Sie lachte.

Cat schluckte. Nadja hatte nichts vom eigentlichen Kampf mitbekommen, sie hatte im Koma gelegen, war im Krankenhaus einigermaßen sicher gewesen. Sie hatten oft über diese seltsamen Stunden und Tage gesprochen. Darüber, wie der junge Mann Nadja eine leuchtende Murmel gezeigt und sie dann in seinem Auto auf einen dunklen Parkplatz gefahren hatte. Wie er sie gebeten hatte, ihm ihre Murmel zu zeigen, und seine Fingerspitzen auf ihre Stirn und die Murmel gelegt hatte – wie daraufhin beißende Kälte alle Erinnerungen ausgelöscht hatte, bis sie verwirrt und durstig auf der Intensivstation wieder wach geworden war.

Nadja hatte ihr erzählt, dass da nichts gewesen war, worauf sie sich hätte konzentrieren können, kein Licht, keine Dunkelheit, nur ein Geräusch wie weit entfernte Musik. Beide hatten sich gefragt, ob es dieses Geräusch war, das Julian, der junge Mann, den die Leere als Gefäß genutzt hatte, hörte, wenn er abwesend lächelte. Sie besuchten ihn oft in dem Heim, in dem man sich gut um ihn kümmerte.

Cat hatte ihr niemals gestanden, dass sie das Lied der Sterne ebenfalls gehört hatte, damals, als sie Mrs WJ auf den Turm gefolgt war. Und schon gar nicht, dass sie es immer noch hörte, jeden Abend, wenn sie die graue Murmel mit dem grün-blauen Wirbel und den goldenen Punkten nahm und die Erlebnisse ihres Tages mit dem Ka'rim'char teilte.

Jeden Moment ihres Lebens, bis zu ihrem letzten Atemzug, damit er nie wieder leer sein musste.

Und dann, wenn es zu Ende ging, würde sie ihm in die gläserne Kugel folgen, um für alle Ewigkeit gemeinsam mit ihm in der Dunkelheit zwischen den Sternen dem Lied des Universums zu lauschen. Denn dies war der Preis, den sie zu zahlen hatte.

Und niemand würde das je erfahren.

ENDE

Eat the pain. Send it back into the void as love

Amanda Palmer

NACHWORT

Die Geschichte um Billy Munroe fand ihren Anfang schon vor vielen Jahren, und sie lag eine ganze Weile unbeachtet in der Schublade. Eigentlich als Kurzgeschichte für eine Anthologie gedacht, fühlte sich der Anfang in diesem Zusammenhang nicht richtig an, ganz so, als ob Billy mehr Raum für sich fordern würde, als die Zeichenbegrenzung des Verlegers ihm zugestand. Erst mit der Arbeit an ***19 – Geschichten aus dem Dazwischen*** bekamen die Erlebnisse von Billy und Jenny in Galesburg die Aufmerksamkeit, die ihnen zustand.

Das Mittelding zwischen überlanger Kurzgeschichte und kurzer Novelle, das *Die letzten Tage des Billy Munroe* schließlich werden sollte, bekam deutlich mehr Aufmerksamkeit von den Lesern als alle anderen Geschichten. Häufig wurde ich nach einer Fortsetzung gefragt – jetzt habt ihr sie, ihr Lieben!

Ich habe viele Ideen dazu gesammelt, wie die Geschichte hätte weiter gehen können, doch als ich 2019 zum ersten Mal ein Soundfile in die Timeline gespült bekam, in dem Wissenschaftler der NASA Bilder des Hubble-Teleskops in Töne übersetzt hatten, wusste ich, was der Kern der Fortsetzung sein würde. Ein arhythmisches Glockenspiel, hinterlegt von einem Rauschen wie von weit entfernter Radiomusik, fast wie ein Song von *Nine Inch Nails:* das Lied der Sterne. Vor meinem inneren Auge sah ich eine Frau Anfang vierzig, wie sie vor ihrem Monitor sitzt, dieses Soundfile hört und weint, weil sie weiß: So klingt eine der geheimnisvollen Murmeln von innen. Dies ist das Lied der Sterne, das im Universum ebenso widerhallt wie in jedem lebenden Wesen.

Besagte Szene hat es nicht ins Manuskript geschafft, aber glaubt mir: Genauso ist es Cat Munroe ergangen. Sie hat das Wunder des Universums gesehen und wird es niemals vergessen.

Dem aufmerksamen Leser wird nicht entgehen, dass eine Menge Referenzen und Anspielungen zu Büchern, Filmen und Musik im Text liegen. Einige davon stammen aus meiner eigenen Teeanger-Zeit in den frühen Neunzigern, andere, wie der immer wieder angesprochene Sai King, sind für mich so wichtig, dass ich sie Cat ans Herz legte. Die Playlist zum Roman werdet ihr – öffentlich zugänglich und ohne Bezahlschranke – unter **www.patreon.com/isatheobald** finden.

Kein Buch entsteht in der Leere, auch dieses nicht. Dank gebührt dem besten Verleger der Welt, der dem